アラビアン・ファーストラブ

～煌陽王《こうようおう》

◆ プロローグ ◆

もう、律《りつ》と一年近く会ってない――。

佐倉隼人《さくらはやと》はさらりとした前髪を掻《か》き上《あ》げ、大きな溜息《ためいき》を吐《つ》いた。

可愛《かわい》い弟、律がデルアン王国に仕事を兼ねて元妻の弔いへ出掛けたのをきっかけに、生活拠点をデルアンへ移してしまってから一年。寂しさが募るばかりだ。

一年前までは父が経営している大手文具メーカー『ブラッサム』の社員として一緒に働き、ほぼ毎日顔を見ていたので、余計、寂しさを感じるのかもしれない。

それに――。

それに、律がなんと、再婚してしまったのだ。

何がどうなってそうなったのか、詳細はわからないのだが、いきなり律はデルアン王国の第七王子、リドワーンと結婚すると言って、両親を説得し、デルアンで暮らしている。

隼人はもちろん結婚を反対したが、律は聞く耳を持たず、隼人から、どんどん離れていってしまったのだ。

確かにリドワーンと別れろと、少ししつこく言ってしまった自覚はある。だが、それもすべて律のためを思ってのことだった。

「律……」

つれない弟の名前を口にし、また溜息を吐いてしまう。

「まさか再婚するとは……はぁ……大体、アラブ系の男には、いい思い出がないのに」

思わず、昔——八年前に出会った男のことを思い出してしまった。

リドワーンが『あの男』と同じだとは思わないが、隼人の心のどこかに、自分と同じ傷を律には負ってほしくないという思いがあった。

『この飛行機は間もなくアバダ国際空港へと着陸いたします。いま一度、シートベルトのご確認をお願いいたします。また……』

もうすぐデルアン王国の王都、デュアンに到着する。

律と一年ぶりに会える——。

隼人は、開発部のプロジェクトリーダーを経て、現在は企画室の室長である。そのため今回、ブラッサムでデルアンオリジナルシリーズの文具を出すプロジェクトを、発足するか否かを判断するためにやってきた。

律は今、ブラッサムのデュアン支店長に就任し、リドワーンと息子のアミンと一緒に暮らしている。律の支店長就任式には父だけが出席したため、隼人は久々に律と会う予定だった。

「できれば律を日本に連れて帰りたい……」

願望を口にしてしまう。確かに可愛い弟の思いを尊重したい気持ちもあるが、いかんせん住む場所が日本ではなくデルアンという遠い異国であり、そして相手は男性。いや、こうなったら性別はどうでもいい。問題は、彼が律を本当に幸せにしてくれるかどうかだ。リドワーンの人となりを、この目でしっかりチェックしたい。そして律が本当に幸せなら――、

「律が幸せなら、認めるしかないのかな……」

飛行機の小窓から見え始めていた王都デュアンのビル群を目にしながら、隼人は思わず呟《つぶや》いてしまった。律に会える嬉《うれ》しさと、律を手放さなければならない寂しさが同じだけ胸に湧《わ》き起《お》こる。

だが、その中には、何とも言えない複雑な感情も込み上げていた。

どうしてかリドワーンを見ると、ふと思い出す男の顔。

八年前のひと夏の恋。誰をも魅了するアラブ系の男――。

隼人は胸に小さな棘《とげ》が刺さったような痛みを覚え、静かに目を閉じるしかなかった。

◆
I
◆

八年前――。

「え？　骨折？」

隼人《はやと》は思わず右足にギプスをつけたジョアンと白髪の医師を交互に見た。

イギリスの大学に留学中の隼人は、仲のいい学友の一人であるジョアンと、ここ、フランスのアヴィニョンでアパルトマンを一ヵ月借りて、夏のバカンスを楽しもうとしているところである。

だが、突然のアクシデントが二人を襲った。夜、軽く酔ってローヌ川沿いを散策していたら、ジョアンが大きな段差に足を取られて、派手に転んでしまったのだ。

痛みはあったが、捻挫《ねんざ》かなと思いながらも一晩過ごすと、翌日、思いっきり足が腫《は》れていて、もしかして骨が折れているかもしれないと、慌てて二人で病院へやってきた。

「第五中足骨骨折。まあ……全治二ヵ月から三ヵ月ですね」

「な……まだアヴィニョンに来て、三日しか経《た》ってないのに……そんな」

ジョアンが青い顔をして医者に詰め寄る。

「とりあえず、バカンスは中止して家に戻ることを医者として忠言しておきますよ」

「な……」

ジョアンが縋《すが》るような目で隼人を見つめてきたが、隼人も首を横に振った。

「仕方ない。バカンスを楽しんでいる場合じゃないよ、ジョアン。残念だが今回はキャンセルして帰ろう。君は実家がパリだから、僕が車で送っていくよ。僕はそこからユーロスターに乗ってロンドンに戻ることにする」

「隼人、君も今回のバカンスを楽しみにしていたじゃないか。これは俺の責任だ。アパルトマンの賃貸料はお詫《わ》びも兼ねて俺が全部払うから、隼人だけでも今から誰かを誘ってバカンスを楽しんでくれ。あ、弟の律《りつ》くんだっけ？　彼もロンドンに留学してるんだろう？　誘ってみたらどうかな？」

「律か……」

本当はこの旅行に一度誘ったのだが、律は律でイギリスに残る古代ローマ帝国の遺跡を見に出掛けるらしく、断られていた。

だが、南フランスにも数多くの古代ローマ帝国の遺跡がある。隼人の今の状況を伝えれば、もしかしたら律も哀れに思って来てくれるかもしれない。

悩んでいると、さらにジョアンが言葉を畳みかけてきた。

「それに何か詫びをしないと俺の気持ちも収まらないから、このままバカンスを続けてくれたほうが嬉《うれ》しい」

「まあ……そこまで言うなら、お言葉に甘えて、このままここで休暇を過ごそうかな」

「そうしてくれ、隼人！　あうっ」

足を骨折していることを忘れて、勢いで立ち上がろうとしたジョアンが悲鳴を上げて椅《い》子《す》に座り込む。

「ほら、安静にしろよ。早速荷物を纏《まと》めて、君の家に帰るぞ」

こうして隼人のバカンスは三日目にして、大きな変更を余儀なくされた。


「あれ？　今日は一人？　お友達は？」

アヴィニョンに来て五日目。毎朝ジョアンと来ていたカフェのギャルソンに初めて声を掛けられ、隼人は驚いてスマホから顔を上げた。

「え？　ああっと、友人は一昨日《おととい》、諸事情で家に戻って……」

見上げると、初日から隼人たちの料理をサーブしてくれているギャルソンが立っていた。

「そうなんだ、ちょっと寂しいね」

「え、ええ……」

彼を改めて見て、その色男ぶりに驚く。アラブ系の男性なのだが、黒い瞳《ひとみ》は理知的で、どこか鋭さを感じさせた。だが二重《ふたえ》のせいか絶妙な甘さを含んでおり、男でもドキッとしてしまうほどの色香がある。それにモデルか俳優のように四肢が長いので、ギャルソンの服装が映《は》え、これはかなり女性客に人気があるだろうと思わせる男でもあった。

絵になる男って、こういう人を言うんだろうな……。

そんなことを思っていると、彼と視線がかち合う。

「美人に寂しい顔は似合わないな」

「美人って……」

それはないと思う。勝ち気で生意気そうだと言われたことはあるが、美人と言われたことは一度もない。それに弟は母に似て可愛《かわい》い顔立ちだが、隼人はどちらかというと父に似ており、目鼻立ちもきりっとしている。

そのまま男の顔をじっと見つめていると、男が何かを思いついたような顔をした。

「ちょっと、待ってて」

男が厨房《ちゅうぼう》の奥へと消えていく。そしてすぐにまた隼人のところまで戻ってきた。

「はい、サービス」

テーブルの上には赤いチョコレート菓子が二粒、白い皿に載せて置かれていた。

「これは?」

「アヴィニョンの郷土菓子、パパリヌ」

「パパリヌ?」

「中に、ヴァントゥー山の斜面で採れる、約六十種類の薬草を漬け込んだリキュール、オリガン・デュ・コンタが入っているんだ。あっと、お酒、大丈夫かい?」

「一応。僕はこれでも二十一歳だよ。お酒はあまり強くないけど、洋菓子に入っている程度のものなら大丈夫だ」

「そうか、良かった。ならぜひ食べてみてくれ」

男は笑顔でそう言うと、再び厨房へと戻っていった。彼の後ろ姿を見送ってから皿の上に載ったチョコレート菓子に目を遣《や》る。赤いトゲトゲが印象的なチョコレート菓子だ。

隼人はパパリヌを一粒摘《つ》まんで、口の中に入れた。カリッという音と共にアルコールの香りが口いっぱいに広がる。どうやらチョコレートの中にリキュールが入ったキャンディーが仕込まれていたようだ。だがそれに気づいた途端、チョコレートの味が追いかけるようにして、隼人の口の中を占領する。

ちょっと変わった味だけど、美味《おい》しい……。

パパリヌとは、リキュール入りのキャンディーをブラックチョコでコーティングし、さらに赤く色づけしたチョコでそれを包んだもののようだ。

アヴィニョンの郷土菓子って言ってたな……。ちょっと嬉しいかも。

自分ではきっとこの菓子のことには気づかなかっただろう。もしくは気づいても中身のことは詳しく知ることができなかったかもしれない。

後で彼にお礼を言おう……。

隼人はフランスパンのオープンサンドを齧《かじ》りながら、厨房とフロアを行き来する彼を目で追った。

だが、それからまったく彼に声を掛ける隙《すき》がない。隼人が思った通り、彼は女性に人気で、常にあちこちのテーブルの女性客に捕まっていた。

明日も来るつもりだし、今日は諦《あきら》めるか……。

そう思いながら料金をテーブルの上に置いて立ち上がると、女性客に捕まっていた彼と目が合った。隼人はつい日本式に軽く頭を下げた。すると彼がにこりと笑って返してくれる。ただそれだけなのに隼人の心が明るくなった。

ジョアンが帰ってしまったことで、少し落ち込んでいた気持ちが浮上する。

――よし、こうなったら南仏を満喫するぞ！

当初の予定通り、レンタカーでアヴィニョンを起点にして南仏を巡ろうか。律には、昨夜のうちにメールを送っておいたから、そろそろ返事が来るはずだし……。律の都合がつけば、兄弟水入らずで、一ヵ月バカンスを過ごすのも楽しいに違いない。

あのギャルソンの気遣い一つで、気持ちが元気になる。

「今日はアパルトマンに戻って、バカンスの計画を立て直すか」

隼人は気合を入れてカフェを後にしたのだった。


そして翌日、隼人は大きな溜息《ためいき》を吐いて、いつものカフェで朝食をとっていた。

昨夜、律からメールの返事があったのだが、ウェールズまで足を延ばして遺跡を見に行っているらしく、フランスには行けないということだった。

「律、兄よりも古代ローマの石っころをとるのか……」

腹いせに、律が聞けば怒るようなことを口に出してみる。『石っころじゃない。古代ローマのロマン溢《あふ》れる足跡だ！』と言い返されるのを想像して、笑みが零《こぼ》れてしまう。怒る律も可愛いのだ。

「どうしたんだい？　一人でにやにやして」

「え？」

ふと視線を上げると、昨日パパリヌをくれたギャルソンの彼が立っていた。

「同席しても？」

「あ……はい。どうぞ」

昨日のこともあるので、むげに断ることもできずに反射的に答えてしまった。

「ありがとう。今日はランチの時間帯の当番なんだけど、少し早く来てしまったんだ」

手には既にコーヒーを持っている。隼人を見掛けて、席を移動してきたようだった。それに言われてみれば、彼の服装は私服で、サマーセーターにジーンズというラフな恰好《かっこう》である。

「あ、昨日はお菓子を……パパリヌをありがとう。初めて食べたけど、美味しかった」

「よかった。せっかくアヴィニョンに来たんだからと思って、お勧めした甲斐《かい》があったよ。まあ、私も地元の人間じゃないんだけどな」

「君……ここへは夏休みを利用して？」

「カリムだ。まあ、ちょっとした事情があって、ここでバイトをしているんだ。で、君の名前も教えてくれるかい？」

「隼人だ、えっと、カリムって呼んでもいいのかな？」

「ああ、いいよ。私も隼人と呼ぶ。名前を知らないとお互い呼びにくいだろう？」

どうやら彼は今回だけの付き合いにはしない様子だ。だが、それも旅の醍醐味《だいごみ》で、旅先のカフェのギャルソンと顔なじみになるなんて、素敵な経験のような気がした。

隼人が気を良くしていると、カリムが急にとんでもないことを言ってくる。

「ところで、隼人、諸事情で家に帰ったというお友達は、君の恋人？」

「えっ⁉」

思わずカフェオレボウルを手から落としそうになった。

「どうして、そんなことになるんだ？」

「違うのか？」

「違うよ。ジョアンは大学の友人の一人。本当は何人かでここに来る予定だったんだけど、みんなそれぞれいろいろあって、結局ジョアンと僕の二人きりになっただけだよ」

「ふぅん」

何とも微妙な相槌《あいづち》を打たれ、居心地が悪くなる。

「なに？」

「いや、何でもないよ。そうだ、もし君がよければ、私のバイトの合間になってしまうが、一緒に観光しないかい？」

「え……」

彼の瞳とかち合う。黒く澄んだ瞳が印象的だ。

「実は私もアヴィニョンに来たはいいが、まだあまり観光をしていないんだ。一人で回るのもどうかと思っていたところだから、君が一緒にいてくれたら、楽しいかなと思って」

「そうだなぁ……」

せっかくレンタカーも借りたのだから、一人でドライブをするよりも、隣で同じ景色を見て、感想を言い合う『旅の道連れ』がいたほうが、何倍も楽しいだろう。

「面白いかも……。いいよ、一緒に観光しようよ、カリム。改めて僕からも頼むよ。お互い初対面だけど、気遣いなしでいこう」

「ああ、よろしく頼む」

カリムが右手を差し伸べてきたので、隼人はその手を握る。整えられた爪《つめ》や指先などが目に入り、彼の出自がよさそうなことはわかった。

「じゃあ、そろそろバイトの時間だから。あ、ここ、ランチもいけるぞ。郷土料理を少しずつ盛り合わせたランチプレートがお勧めだ。またランチにも顔を出してくれ」

彼が椅子から立ち上がる。

「わかった。君、営業トークもばっちりだね」

「ああ、いつかこういうカフェレストランをやってみたいからな。私の夢なんだ」

「素敵な夢だね」

隼人の声に彼が軽く手を挙げて、去っていった。フロアのスタッフと明るく挨拶《あいさつ》をする彼の背中を見ながら、隼人は今から始まるバカンスに胸をときめかせたのだった。


城壁の街、アヴィニョン――。

その中でも、ローヌ川沿いに佇《たたず》むアヴィニョン旧市街は、全長約四・三キロメートルの城壁に囲まれており、十四世紀には教皇庁が置かれていた中世の香りが今もそのまま残っているエリアである。

アヴィニョン歴史地区としてユネスコ世界遺産に登録されている美しい街でもあった。

この地区は歩いて教皇庁宮殿に行けたり、中世の時代にタイムスリップしたかのような古い街並みで過ごすことができるので、かなりの人気エリアだ。しかしホテルも少なく、大抵の観光客は仕方なく駅に近い、いわゆる新市街に泊まるしかなかった。

だが隼人は、この歴史的建造物の多い旧市街の一角に、運よくアパルトマンを借りることができた。

隼人は石造りのアパルトマンの三階を借りている。ジョアンと二人で借りたこともあり、広い1LDKのなかなか快適な部屋だ。

近くの美術館を巡り、今日も一日を終える。夕食は帰り道で買ってきたサンドイッチだ。ミルクレープ状に何層にもなったパンに、野菜とハム、ゆで玉子のスライスなどがそれぞれの層に詰め込まれ、大きく膨らんでいる。

日本では見たことのないサンドイッチだった。イタリア料理店のテイクアウトコーナーで買ったので、たぶんイタリアンサンドの一種なのだろう。フォカッチャやパニーニのパンとは違う、薄い生地のパンに舌鼓を打つ。

「そろそろ自炊もしないといけないかな……」

当初、ジョアンと二人で自炊もするつもりだったのだが、一人だと料理をする気にならなかった。だが、毎日外食ばかりでは、経済的にも厳しいし、ここぞというときは、美味しいものを食べたいので、普段の食費は節約したいところだ。

「近くに小さなスーパーらしきものがあったから、あそこで食材を買ってくるか……」

食事を終え、スマホとガイドブックを両方チェックしながら、カリムと一緒に行くなら、どこがいいかと旅先を考える。

とりあえず、律がお勧めしてきた南仏古代ローマ遺跡巡りを念頭に置きながら、チェックしていると、どこかからクラシック音楽が聞こえてくることに気づいた。

「どこからだろう……」

外から聞こえてくる気がして、窓を開けると、石畳の道を挟んだ向かい側の古い建物から、その音楽は聞こえてきた。

どうやら向かいはバレエ教室らしく、子供たちが音楽に合わせてバレエを学んでいる様子が、窓からちらりと見える。子供の一人が隼人に気が付いて、にっこりと笑ってきた。隼人も笑い返す。すると子供が嬉しそうに笑って奥へと逃げていった。その様子が何とも可愛らしい。

中世の街並みに、人々が普通に生活をしていた。このアヴィニョン旧市街は、街中が古く、建物も中世ヨーロッパに建てられたものが多い。そんな中に日常が混在しており、とても不思議な感覚を抱いた。

そのまま空を見上げると、どんよりとした灰色の雲が広がっていた。夜と言っても、夏の南仏は夜の九時過ぎまで明るい。だが今夜は雨が降りそうな天候だった。

「ひと雨来るかな……」

窓を閉めようとすると、今度は先ほどの子供が友達を連れてこちらを覗《のぞ》いている。東洋人が珍しいのだろうか。手を振ると、子供たちは嬉しそうに手を振り返してくれた。

隼人の心がほっこりする。今日はラッキーデーだったのかもしれない。一人だけの寂しいバカンスに、思わぬ旅の道連れができ、そしてアパルトマンでは可愛らしい友達ができたような気分になった。

「シャワー、先に浴びちゃおうかな。その後でゆっくりビールでも飲みながら観光地をチェックするか」

隼人は少し早めだが、シャワーを浴びることにした。

窓に雨粒がコツコツと当たる。

「結構、降ってきたな」

窓越しに外を見ると、石畳が雨に濡《ぬ》れているのが目に入る。街灯で照らし出された雨足はかなり強かった。

向かい側のバレエ教室もいつの間にか終わったようで、真っ暗だ。もう一度、通りに目を遣る。雨で濡れて光った石畳は人っ子一人いなかった。いや、向こう側から誰かがやってくるようだ。街灯に照らされた影が隼人の視界に入った。

現れたのは男のようだ。傘もささずにこちらに走ってくる。

「わ、風邪ひかないようにな」

見も知らない男の心配をしながら、窓から離れようとすると、その男の後を三人ほどの男が追いかけているのが見えた。

え……？

何かトラブルの匂《にお》いがして、もう一度逃げる男の姿を目で追う。どこかで見た背恰好だった。男が近づいてくる。

「っ……」

カリム――――っ。

逃げている男はカリムだった。褐色の肌といい、モデルのような体型といい、カリムに間違いなかった。

カリムは素早く暗い壁の隙間《すきま》に逃げ込み、身を潜める。追ってきた男たちはそれに気づかず、向こうへと走り去っていった。

隼人の躰《からだ》が考えるより先に動く。気づけば、部屋を飛び出していた。

外に出ると、ますます雨足が強くなっていた。煙《けむ》る夜の街は、少し怖いくらいだったが、隼人はカリムが隠れた隙間へと近寄り、声を掛けた。

「カリム、僕だ。隼人だ」

「……隼人？」

暗闇《くらやみ》から彼の声が響いた。

「何となく状況は摑《つか》んでいるから、早く僕のアパルトマンへ。この上なんだ」

「……いいのか？」

カリムの声に躊躇《ちゅうちょ》の色が見えるが、隼人はそんな彼を強引に誘った。

「そんなこと言っている暇があったら、来い。こんなところでぐずぐずしていたら、あいつらがまた来るかもしれないだろう？」

隼人の言うことに説得力があったようで、カリムは隙間から姿を現した。ずぶ濡《ぬ》れで色男が台無しだ。いや、より一層色香が増している。

「早く」

隼人は辺りに注意しながら、カリムをアパルトマンに引き込んだのだった。

まずはシャワールームにカリムを押し込む。彼が躰を温めているうちに、隼人は自分の持つ衣類の中で比較的ゆったりしたものを見繕うが、寝巻き用のスウェットしかないので、仕方なくそれを出す。

「小さいかもしれないけど、スウェット出しておくから、これを着て。君の服はとりあえずハンガーに掛けておいたけど……」

シャワーを浴びているカリムに、扉越しに声を掛けた。

「……ありがとう、隼人」

昼間とは違い、沈んだ声が返ってくる。もしや何かの犯罪に加担したのかもしれないと、今さらながらに、ちょっと怖くなる。

もうここまできたら乗りかかった船だ。犯罪絡みでないことを祈るばかりだ。

キッチンでお湯を沸かす。インスタントのコーヒーしかないが、ないよりはましだ。他に何か食べ物でもあればいいが、明日の夜から自炊をしようと思っていたので、冷蔵庫の中はからっぽだった。隼人はスーツケースを開けて、カップラーメンを取り出した。万が一の非常食用に持ってきたものである。

「躰を温めるのには、これでいいか」

お湯を沸かしていると、上半身裸のカリムがシャワールームから出てきた。しっかり鍛えられた筋肉が隼人の目に映る。

「うわっ、ちょ、上も着ろよ」

色男の筋肉は、同じ筋肉でも一般人よりエロかった。

「ああ、すまない」

そう言いながら、手に持ったスウェットの上を頭から被《かぶ》る。すると腕の長さが足りないことに気づく。さらにズボンの丈も短かった。

「はぁ……君のスタイルの良さを知るはめになったよ。スウェット、小さいけど、今夜はそれで我慢して。君の服はシャワールームに干しておくから」

「すまない、恩にきる」

「あと、カップラーメン、食べるか？　日本のものだけど、まあまあいける。あ、宗教上、食べ物に制限ってあるんだっけ」

「ある程度は。でも私の国はそんなに厳密ではないんだ。海外でハラルの食べ物が手に入らなければ、キリスト教圏の肉ならいいとか、例外はいっぱいある」

「へえ、そうなのか」

「イスラム圏でも国によって違うからな。それに、実は日本のカップラーメン、食べてみたかったから、ちょっと嬉しい」

「本当か？　あ、でも醤油《しょうゆ》味だから、君にとっては微妙かも」

「大丈夫だ。だが、いいのか？　君の夕飯が減るんじゃないのか？」

「僕は、もう食べたよ。それに、この間のチョコのお菓子、パパリヌのお礼も兼ねて」

話をしているうちにお湯が沸く。手早く、カップラーメンと、インスタントコーヒーにお湯を入れた。そしてそれをそのまま二人用のダイニングテーブルの上に置いた。

「ここに座って。三分でできるから」

隼人の言葉に大人しくカリムが従い、椅子に座った。そして何か言いたげに隼人を見つめてきた。

「なに？」

「あ、いや……。さっきのことについて何も聞かないんだな」

カリムは後ろめたそうに視線を逸《そ》らして、そんなことを口にする。隼人は小さく息を吐いた。

「聞いていいなら聞きたいけど、君が言いたくないのを無理やり聞くのは、あまり好きじゃないんだ。だから君が話したくなったら、教えてくれ」

「隼人……」

彼の瞳が大きく見開かれる。そして軽く頭を振ると、言葉を続けた。

「……確かにいろいろ事情があって、言えないことが多い。だが、言えるだけ正直に言おう。まず犯罪絡みじゃない。あと、あまり詳しくは言えないが、私は家出をしているんだ」

「家出⁉」

あまりにも予想外の言葉に思わず大きな声を出してしまう。

「ああ、父にここにいるのがばれて、父に雇われた人間に追われていたところだった」

「家出って……君、未成年か？」

「未成年に見えるか？」

カリムが少しだけ不満そうに聞いてきた。

「見えないから聞いているんじゃないか。大体、家出と聞くと、偏見かもしれないけど、未成年が相場じゃないか」

「……君より一つ上の二十二歳だ。先月に大学を卒業して、そのまま家から逃げた」

「その年齢で家出って、そうとう何かあった感じがするんだけど」

「聞かないんじゃなかったのか？」

「う……そうだね」

つい好奇心に負けて、聞いてしまった。だが、カリムはそんな隼人のことを笑いながら言葉を続けた。

「まあ、隼人には言ってもいいか。実は父の家業の一端を継がないといけないんだ」

「へぇ……何か大きな会社を経営しているの？」

だからどことなく品があるんだなと、妙に納得する。

「まあ、会社……かな。だが、私は他にやりたいことがある。前にも話しただろう？　カフェレストランをやりたいんだ。美味しい食事とコーヒーを出して、毎日、一生懸命働いて、普通の幸せな人生を満喫したい。誰かが敷くレールの上を歩くような借り物みたいな人生は嫌なんだ」

　確かに昼間のカリムは本当に楽しそうに働いていた。心からこういう仕事が好きなんだなと、隼人にも伝わってくるくらいだ。だからこそ、隼人は真剣にアドバイスをした。

「なら、お父さんを説得したほうがいいんじゃないか？　こうやって家出しても、きっと何の解決にもならないと思うし。夢だったら尚更《なおさら》、家族が応援してくれたほうが、君も叶《かな》え甲斐《がい》があるだろう？　話し合わないと」

「聞く耳を持つような父ではないからな」

　どうやら父親とそれなりに話はしているようだ。

「じゃあ、今のように、ずっとお父さんから逃げて暮らすのかい？」

「っ……」

　カリムが視線をテーブルの上に落とす。そしてしばらく黙っていたかと思うと、口を開いた。

「他人から、こんなにはっきり言われたのは、初めてだ」

「あ、ごめん。踏み込んだことを言ったよな」

「いや、いい。そういう意見が聞きたかったんだ。誰も私には何も言わないからな」

甘やかされて育ったということだろうか。または、やはりいいところの息子で、周囲が何も言えない環境にいるのかもしれない。

少し気になるけど……聞けないな……。

カリムにますます興味を持ってしまう。するとカリムが顔を上げて隼人に視線を合わせて言葉を続けた。

「そうだ、隼人の言う通りだ。いつかは父と対峙《たいじ》しないとならない。いつまでも逃げてはいられないしな。ありがとう、隼人」

カリムは笑顔を向ける。そして出来上がったカップラーメンに、嬉しそうに手を伸ばしたのだった。


雨がまだ降っている上に、夜も遅いので、今夜はカリムを泊めることにした。

元々友人のジョアンと二人で借りた1ＬＤＫなので、普通のベッドの他にソファーベッドもあるのだ。

「とりあえず、ソファーベッドを使ってくれ」

隼人がクローゼットからシーツとブランケットを取り出すと、カリムがそれを手際よく、ソファーベッドにセッティングする。

「悪いな、隼人」

「乗りかかった船だ。いいさ」

ベッドメイキングが終わり、二人でソファーベッドの隅に、隣り合って座る。するとカリムがぽつりと言葉を発した。

「バイトを辞めて、違う街へ移るよ。アパルトマンもたぶん押さえられていると思うし」

「え？」

急にそんなことを言われて、隼人は思わず声を上げた。するとカリムが小さく笑う。どこか諦めたような寂しい笑顔だった。

「せっかく隼人と友達になれたと思ったんだけどな」

「な……お父さんと話し合うんじゃないのか？」

思った以上にカリムの言葉に動揺してしまう。

「父を承諾させられるような戦略を、まだしっかり立てていないからな。もうしばらく身を隠すよ。父を納得させるだけのものを手にしないと連れ戻される」

「そんな……」

「でも、最後に君に会えてよかったよ」

カリムの声に、隼人は反射的に彼の手を摑んでしまった。カリムが驚いた様子でこちらを見るが、当然だ。隼人自身も、自分のこの行動に驚いている。

「あ……あの……えっと……」

「隼人？」

カリムが首を傾《かし》げ、訝《いぶか》しげに見つめてきた。こうなったら仕方がない。後は野となれ山となれ、だ。たった今、頭に浮かんだ言葉を、隼人は口にした。

「あ、あのさ。ここに住まないか？」

「え？」

「このアパルトマン、一ヵ月借りているんだ。この一ヵ月で、君がお父さんと和解する手立てを考えてもいいんじゃないか？」

「だが……」

「……それにせっかく南仏を一緒に観光しようって約束したし。ここはまだ君のお父さんにはばれていないだろう？　ここを拠点にして、各地へ観光に行きながら、君の夢のことを考えようよ。少しでもいい結果になるよう、僕も一緒に考えるよ」

自分でもどうしてこんなに必死にカリムを引き留めているのかわからない。たぶん、友人のジョアンだけでなく、弟の律とも過ごせなかった、寂しいバカンスが嫌なのかもしれない。やっと旅の道連れができて、気分が上がったところなのに、また一人になるのが嫌なのだ。きっと……。きっと、そうだ。

「いいのか？　隼人。君に迷惑が掛かるんじゃないか？」

「親子喧嘩《げんか》の巻き添えは食いたくないけど、君を応援したいから、別に迷惑ってほどではないよ、わっ……」

「ありがとう、隼人っ！」

いきなり抱き締められる。

「隼人、君に迷惑が掛からないよう、努力する。私を匿《かくま》ってくれるか？　そして一緒に旅行をしてくれるか？」

「一緒に旅行に行きたいのは、僕も同じだ。君の将来を考えながら、一ヵ月後には、きっといい案が浮かぶと信じて、楽しもう」

「ああ、ありがとう」

ふわりと再び抱き締められる。

うわっ……。

どうにか声を出さずには済んだが、躰がぴくりと動いてしまった。するとカリムが慌てて隼人の背中から手をどけた。

「ああ、すまない。つい家族のように接してしまった。そうだ、今のうちに白状しておこう。実は、私は少しスキンシップが激しいようなんだ。今のように、つい抱き締めたりしてしまうことも多い。もし君が不快に思ったら、遠慮なく言ってくれ」

「不快に思うって……。それほどじゃないから大丈夫だよ。ただ、あまりスキンシップには慣れていないから、大袈裟《おおげさ》に驚くかもしれないけど、気を悪くしないでくれ」

「そうか。それならよかった。じゃあ、改めてよろしく頼む、隼人」

カリムが右手を差し出し、握手を求めてきた。隼人はその右手を摑む。

「こちらこそよろしく、カリム」

二人は互いに固く握手を交わしたのだった。


翌日、カリムはバイト先に出勤して事情を説明し、その四日後、バイトを辞めることになった。隼人は、カリムが追っ手に見つからないかヒヤヒヤしたが、カリム曰《いわ》く、上手《うま》く躱《かわ》せたそうだ。

そしてカリムと一緒に住むようになって一週間後、隼人はカリムと相談して、アヴィニョンから車で一時間弱の、同じくプロヴァンスの有数の観光地であるアルルへと、日帰り旅行へ出掛けることにした。

市街地に近い駐車場に車を停《と》めることができたので、そのまま二人でオレンジ色の屋根が広がるアルルの街を歩く。

古い街並みがフランスらしくもあり、だが、どこかローマらしくもある独特な雰囲気を醸し出していた。歴史を感じる石造りの建物に面した路地は、大勢の人で賑《にぎ》わっている。

アルルは、古代ローマ時代でも重要な都市の一つだったこともあり、未《いま》だ多くの遺跡が残っていた。それが街と一体化しているせいか、不思議な感覚に陥る。ふと見上げると、建物の一部にフランス国旗が掲げてあり、澄み渡った青い空になびいていた。それでやっと、ここがれっきとしたフランスの地であることを思い出すほどだ。

昨夜は、夜通しカリムとバカンスについて話し合った。意外にもカリムはローマ遺跡を見に行ってもいいと承諾してくれ、当初の予定通り、弟の律のお勧めコースも幾つか回ることとなる。

「隼人、お前、弟が好きなところを旅行するって……ブラコンすぎないか?」

カリムの話し方もかなり砕けてきた。どうやらこちらのほうが素のようだ。

「ブラコンって酷《ひど》いな。まあ、当たらずといえども遠からずだけど。でもな、アルルの円形古代闘技場は、古代ローマ帝国ファンじゃなくても、見ておきたいだろう?」

「まあ、そうだな。だが、どうせ行くなら九月の収穫祭の闘牛のときに行きたかったな」

「へぇ、フランスでも闘牛をやってるんだな」

話をしながら路地を曲がると、百メートルほど先の路地の突き当たりに、周囲の建物よりも高い石の塊が聳《そび》え立《た》つのが見えた。

ローマ帝国の遺跡、円形闘技場の一部が見えたのだ。

「わ……いきなり現れた」

「実際見ると、迫力が凄《すご》いな」

カリムも少し興奮気味に話し掛けてきた。

「ああ」

無意識に歩く速度が速くなる。円形闘技場がどんどんと近づいてくる。そして近づくにつれ、その大きさをあらわにした。

大きなアーチが幾つもある闘技場は、紀元一世紀末頃に建造された代物らしい。とても二千年近くも経っているとは思えないものだった。

「こんな古い建造物がまだ残っていて、しかも現役なんて……凄いなぁ。はぁ、律が嵌《はま》るのもわかる気がしてきた……」

「また弟か？　ほら、やっぱりブラコンじゃないか」

カリムが噴き出して笑う。隼人はつい子供っぽく言い返した。

「僕は三人兄弟の真ん中だから、初めての弟が今も可愛くて仕方ないんだ。そういう君は弟というか、兄弟はいるの？」

一瞬、カリムが躊躇したのが空気でわかった。聞いてはいけないことだったかもしれない。だが、口にしてしまったので、隼人は気づかないふりをして話題をさりげなく変えた。

「あ、あそこから入場できるみたいだ」

隼人はそう言ってチケット売り場へと足を運んだ。入場料をチェックしていると、横からカリムが流ちょうなフランス語を操り、二人分の入場チケットを買ってくれた。

「フランス語、ぺらぺらなんだな。あ、チケット代を払うよ」

隼人が慌ててボディーバッグから財布を取り出そうとすると、それを制止される。

「いいよ。泊めてもらっているから、宿代の代わりにしておいてくれ」

「あれはジョアンが払ってくれたから、僕じゃないし」

「じゃあ、ジョアンの友情に感謝して、隼人に払っておくよ」

軽くウィンクを返された。イケメンは何をしても様になるのだと、隼人は改めて思い知らされる。

「う……ありがとう。でも、できれば割り勘でいこう。気がひけるからな」

「ああ、わかった。じゃあ、食事は私におごらせてくれ」

「そのほうが、余計申し訳ないじゃないか」

「それこそ、ただで泊めてもらっているんだから、私も『気がひける』からな」

このままではずっと平行線だ。隼人は脳内で入場料と食事代を天秤《てんびん》にかけ、カリムに負担がかからないほうを選んだ。

「うぅ……なら、入場料で手を打つ。ご飯、気を遣って、好きなものが注文できないのも辛《つら》いしな。アルコールだって飲みたい」

「ははっ……。隼人は正直だな。そうだな、お互い気兼ねなく、好きなもの食べたり飲んだりしたほうがいいからな。じゃあ、食事は割り勘にしよう」

そう言いながら、薄暗いゲートを通り、約二千年前に造られたと思われる数段の階段を上る。するとすぐに視界が広がった。

「わぁ……」

目の前に、ひな壇式の観客席にぐるりと囲まれたアリーナが現れた。未だに使われている砂の平地は綺麗《きれい》に整備されており、そこだけ見ると、とても古代ローマ帝国の遺跡だとは思えない。逆に、観客席とこの建造物は一部崩れているところもあり、悠久の時間《とき》を感じることができた。

観客席は約二千年前の石の上にベンチが設置されており、簡単に遺跡に触れることができるようになっている。隼人はカリムと二人でベンチに並んで座った。二千年の時間と一緒に過ごす。

「はぁ……イタリアにもコロッセオがあるよな。ちょっと行ってみたくなってきた」

遺跡のことで、今まで律を散々揶揄《からか》ったこともあり、絶対律に聞かせられない言葉を吐いてしまった。

「……いつか行こうか」

「え？」

驚いて隣のカリムを振り返ると、彼が小さく笑って、首を横に振る。

「いや、実際は行けないかもしれないが、未来に夢を持つと、強くなれる気がする」

「カリム……？」

「さっきの話の続きだが、私には兄と姉は一人ずつだが、弟や妹はたくさんいる。私の国は一夫多妻制だからな」

そうだった。イスラム圏は一夫多妻制の国が多いと聞いていた。寡婦の生活を援助するのが、この制度の始まりのようなことをどこかで習った気がする。

「私はその制度も嫌いだ」

ふとカリムが呟《つぶや》いた。自分の国にはたくさんの嫌いなものがあるというニュアンスを、隼人は受け止める。

「私が娶《めと》るのは、絶対一人だ。愛する人を悲しませることはしない。一人の相手しか愛さないと決めている。どんなに無理強いされようが、ただ一人を守り、愛し抜く」

彼の母親が辛い思いをしたのだろうか。父親と上手くいかないようなことを言っていたが、そういうことも含めてなのかもしれない。

「……カリムは強い意志を持っているから、きっと自分の思いを貫けるよ。数日会っただけの僕でもそれがわかるから、君のお父さんも、本当は君のことを、いろいろとわかっているのかもしれないよ。わかっているけど、お父さんも君に対して夢があるから、ぶつかるんだと思う」

隼人の父親も明治から続く老舗《しにせ》文具メーカーを継ぎ、そしてそれを息子たちに継がせようか迷ったと言っていた。ただ、うちの場合は、三兄弟とも文具メーカーを盛り上げようと、子供の頃から言い合っていたので、父の憂慮は無駄に終わったという過去がある。

自分の父と同じとは思わないが、子供の将来を心配しない親はいないと思う。どこかで齟齬《そご》が生まれ、カリムと彼の父親は擦れ違ってしまったような気がした。

「話し合えよ、お父さんと」

「え……」

「戦略とかそういうの、いらないと思うよ。それが君の『逃げ』になっている気もするし。素直に自分の気持ちを伝えて、それで言い合いになったとしても、お父さんを納得させることができるほどの熱量があるなら、君の夢は本物ってことだよ」

「本物……」

「そう、君の本気を、お父さんに伝えるいい機会だと思えばいいだろう？　そこにマイナスの要素はない。君にとってはプラスになる一歩だ」

「そうだな、その通りだ。ありがとう、隼人」

カリムは礼を口にすると、そのまま正面を向き、遠くを見るような目つきをした。何かを考えているのだろうか。

隼人は、無言になったカリムの視線の先に目を遣り、静かに闘技場の景色を楽しんだのだった。

その後、二人は闘技場に隣接している古代劇場へと足を運んだ。闘技場よりも古く、紀元前一世紀に建てられたローマの遺跡の一つであった。ここも現在、コンサートやオペラで未だに使われている施設らしい。

本当にアルルの街は何千年も前から栄え、今もなお古代ローマ帝国の遺跡と共存している不思議な空間だった。

そのまま市庁舎のある、アルルの中心ともいえるレピュブリック広場まで少し歩く。

「うわ、これがオベリスクっていうやつ？　高い」

隼人が広場の中心に聳える塔を仰ぐと、隣でカリムがすぐにスマホでオベリスクについて調べてくれる。ちなみに目的地までの行き方などもカリムがすべて調べてくれて、隼人は行きたいところを口にするだけになっていた。すっかり隼人のガイドだ。

でも……エスコート力が凄いってことなのかな。女の子だったら、こんな彼氏がいたら、頼もしいだろうし……。

隼人もカリムのエスコート術を少しでも学んで、帰国後に生かしたいものだ。

「このオベリスクの高さは、十六メートル弱らしい。えっと、これはエジプトの王様が造ったものじゃないとのことだ。ローマ人が造ったレプリカだって」

「レプリカ……。でもローマ人が造ったって……。レプリカでも時代を考えたら、歴史的建造物になるって凄いな」

「王様が造らなくとも、偉大なものはきちんと後世に残るのさ、昔も今も」

「昔も今もって？」

「あ、いや、独り言だ。さて、ネットの評価はいまいちだが、せっかくだからゴッホの絵のモデルになったカフェでランチでもするか？」

「ネットの評価が悪いのか？」

「まあね。やめておくかい？」

そう言って、カリムがスマホの画面を隼人に見せてきた。画面にはゴッホの絵画『夜のカフェテラス』とそのモデルとなったカフェが並んで表示されていた。

「この絵、有名な絵だよな。僕でも知っているくらいだし。これはちょっと行きたい。それにネットの評価ってあまり信用したら駄目だしね。信じるのは自分の舌のみ！」

思わず力説すると、カリムがプッと息を吐いて笑う。

「確かに。じゃあ、行ってみるか。あと食後に、あそこの教会、世界遺産のサン・トロフィーム教会へ行こう。回廊が素晴らしいってガイドブックに書いてある」

「それも見たいな。なんだか、カリム、君ってガイドに向いているよな。お陰で僕はとても楽をさせてもらっているよ。ありがとう」

　本当に至れり尽くせりだ。

「隼人と旅行に来ているんだから、これくらい当たり前だ。お前が楽しいなら、もっといろいろ調べて多くの場所へ連れていきたい」

「ははっ、頼もしいな。じゃあ、ロンドンは僕が君を案内するよ。一応、ロンドンで一人暮らしをしているんだ」

　このバカンスが終わっても、二人の関係が続いていることを前提とした提案をしている自分に、隼人自身も驚く。だが、カリムとならこれからも仲良くやっていけるような、そんな予感がした。カリムも、隼人のこの提案を普通に受け止め、話を続けてくる。

「ロンドンに一人暮らしか……。それは危ないな」

　カリムが真剣な表情で言うのを、隼人は大きく否定した。

「いやいや、危なくない」

　するとカリムが額に手を当てて嘆くように呟く。

「はぁ……。隼人、お前、わかっていないな。私が言うのもなんだが、会って間もないギャルソンを家に泊めるなんて、危機感ゼロだぞ」

「本当に、君が言うか……だよ。ったく」

　そう言ってやると、彼が笑った。何でもないやりとりをしているだけなのに、いつも彼は嬉しそうに笑う。普通のことなのに、彼にとっては、これが普通ではないというように笑うのだ。

「私でよかったたな、隼人」

「そういうことにしておくよ」

　二人で軽口を叩《たた》きながら、古い街並みを歩く。細い路地は緩やかなカーブを描き、行く先が見えないのも、逆にわくわくした。しばらくすると小さな広場に出る。そこに目当てのカフェがあった。

　ネットでの評価が悪いせいか、お客はほとんどいない。隣にもカフェがあり、そちらは賑わっているのを見ると、何とも入りづらかった。だが、店はゴッホが描いた店そのものである。これは行くしかなかった。

　店に入り、コーヒーの他に、二人で分けて食べようと、ガレットとキッシュを注文する。しばらくして料理が運ばれてきた。早速、カリムと二人でプロシュートとチーズ、玉子、アーティチョークのガレットを口にする。

「あれ？　意外と美味しい」

　正面に座るカリムに小声で話した。

「さすがに客が少なくなって、いろいろとテコ入れをしたのかな」

カフェレストランのギャルソンをしていたカリムは、時々キッチンも担当していたようで、料理をまじまじと見て、もう一口ガレットを食べる。

こうやって料理を食べて意見を言い合えるのも、相手がいるからだ。一人だったらすべて胸に納めて、味気ない食事になるところだろう。

隼人は、改めてカリムが一緒にバカンスを過ごしてくれることに感謝した。

「そういえば、カリム、さっきオベリスクのところで、王様が造らなくとも、偉大なものはきちんと後世に残るとか、言ってたよね」

「……そうだったか？」

「もう忘れたか……ま、いいか。あれさ、確かに王様が造らなくても、立派なものはできるかもしれないけどさ。やっぱりその時代の統治者、王様がしっかりしていなければ、できないんじゃないかなって思った。それだけ国が栄えていたってことだろう？　造った人も凄いけど、王様も立派だったたってことにしないか？」

「しないか？　って……」

「君の言い方だと、王様は大したことないっていう風に聞こえたからさ」

「フン、民のお飾りのようなものだ」

「そうかなぁ……僕としては、古代ローマ帝国時代、皆が凄かった。誰もがとてつもないエネルギーを持っていたって思いたい。そして過去だけじゃなく、現在の僕たちだって世界を変えるくらいの熱を持っていると信じたい」

「世界を変えるくらいの熱……」

カリムが目を瞠《みは》る。

「僕は大学を卒業したら、父の会社に入る前に、一旦《いったん》、商社に入社して修行したいと思っている。多くのことを学びたいからね」

「隼人の父上の会社は、文具メーカーだったよな」

「ああ、いつか世界に通用する会社にするのが、僕の夢さ」

「なるほど、凄いな」

「カリムも凄いよ。自分でカフェレストランをやりたいって思っているんだろう？　一からやるって大変だからさ」

今までのカリムの話を聞いた感じから、彼の家はたぶん資産家なのだろう。だが親の手を借りずに自分で起業しようとするのは、生半可《なまはんか》な気持ちではないはずだ。

だが、カリムは小さく笑って首を横に振った。

「……お前とは比べ物にならないよ。私のは、半分は親への反抗だ。本当は青臭い理由さ。恥ずかしいくらいのな」

「え？」

「私は別に父親から期待されているわけではない。こうやって家を出ていても、私の代わりはいくらでもいる。私でなくてもいいんだ。代わりの利く人間なのさ、私は」

カリムの表情から笑みが消えていた。

「カリム……でもお父さんの依頼で探偵？　みたいな人に追われていたじゃないか。だから、君のことを誰でもいいなんて思っていないはずだ」

帰ってきてほしいから、捜しているに決まっている。

「……上手く説明できないが、私の家は特殊で、かなり多くのことが制限される。だが、そうやって家に縛られても、結局、私の役割は代わりの者でもいいようなことばかりだ。あのままあそこにいたら、私は自分の『個』というものが崩壊しそうだった。それで自分の存在価値というものを考えて、家を出ようと思った。自分を必要としてくれる場所で生きたいと思っただけだ。隼人のように熱い思いがあるわけじゃないんだ。情けない話だがな」

自分を嘲笑《ちょうしょう》するような表情を浮かべたカリムを放っておけなくて、隼人はテーブルの上にあったカリムの手にそっと触れた。

「カリムの家の事情がよくわからないけど、お父さんは君を必要としていると思うよ。ただ僕の父と同じように、子供の将来を決めることをなかなか口にできないだけなんだと思う。僕の父だって、家業を息子に継いでほしかったみたいだけど、なかなか言えなくて、兄が継ぐって明言したとき、物凄《ものすご》く喜んでいたから」

今でも、兄の修一郎《しゅういちろう》の言葉に涙ぐんでいた父の姿が鮮明に脳裏に浮かぶ。あんなに喜んだ父を隼人は久々に見たような気がした。

じっとカリムを見つめていると、彼が優しく双眸《そうぼう》を細めた。

「どうだろうな。だが、お前に言われると、父に対しての見方が少し変わるような気がする。もしかしたらそうなのかもしれないと思わせるから不思議だな」

「ほら、やっぱり圧倒的に話し合いが足りないよな、君とお父さん」

偉そうに言ってやる、カリムは思わずといった様子で声を出して笑った。

「ははっ、まったくお前には敵《かな》わないな。お礼に、このプロシュートは差し上げよう」

冗談っぽくそう言いながら、プロシュートの部分を器用に切り分けて、隼人の皿の上に載せてくれた。

「ふふっ、遠慮なく貰《もら》うよ」

隼人は豪快に一口でプロシュートを食べたのだった。

ゴッホの絵画の雰囲気を楽しみながら二人は昼食を終え、世界遺産のサン・トロフィーム教会や、ゴッホが入院していた精神病院などを巡った。

途中、カフェで休憩しながら街の中心を抜けて古い路地を歩いていると、正面から風が吹いてくるのを感じた。ローヌ川から吹いてくるようだ。路地はローヌ川に突き当たり、今度は川に沿って歩道を歩く。すると古代ローマ帝国の公衆浴場が、目の前に突然現れた。

オレンジ色の屋根を持つ古い建物が続いたかと思うと、古代ローマ遺跡が普通にその建物と並んでいるという景色は、アヴィニョンとはまた違う、アルル特有の街並みだ。古代ローマやゴッホの生きた時代を肌で感じる。

「他にもいろいろあるようだが、一日では回り切れないな」

カリムがスマホを見ながら呟く。

「バカンスは一ヵ月あるから、またアルルに来ようよ、カリム」

「ああ、そうだな」

カリムの快諾に隼人は心躍った。今まで、急速に誰かと仲良くなる経験などしたことがなかったが、今まさにそんな素晴らしい経験をしているのだと、嬉しさを噛《か》み締《し》める。

「カリム、せっかくだから、一緒に写真を撮ろう」

「じゃあ、それならレピュブリック広場まで戻るか。あそこならいい写真が撮れるんじゃないか？」

「そうだな」

二人でベタな写真を撮り、帰りは、市街地から車で十分くらいのところにあるゴッホの

『アルルの跳ね橋』に似せて造られた跳ね橋も見学して、充実した観光を終えてアヴィニョンへと戻ってきた。

アヴィニョンの旧市街のレストランで夕食をとり、隼人とカリムはアパルトマンへ帰ってきた。

「あ、シャワー、先に入るか？」

途中買ってきた食材を冷蔵庫にしまいながら、隼人はカリムに声を掛ける。だがカリムは窓から外を眺めているようだった。

「カリム？」

もう一度声を掛けると、カリムが振り向く。

「あ、ああ。悪い。バイト先で忘れ物をしていたことを思い出した。今ならまだ営業しているから、取りに行ってくるよ」

「え？　今から？　明日にしたら？」

もう九時過ぎだ。確かに夏の南仏はまだ明るいが、アルルから戻ったばかりなので、隼人だったらここは体力を温存するところだ。

「辞めたバイト先だ。なるべく早く行かないと、捨てられるかもしれないからな。あと、夜の営業が忙しそうだったら、少し手伝ってくるかもしれない」

その言葉に、急にバイトを辞めたことについてカリムなりに罪悪感があるのかもしれないと、隼人は納得した。

「そうか……。わかった。じゃあ僕は先にシャワー浴びているよ。合《あ》い鍵《かぎ》持っていって」

「ああ、ありがとう。あと、もし遅くなったら、先に寝ていてくれ」

「了解。君もアルルから帰ってきたばかりなんだから、あまり無理するなよ」

「ああ、わかった。じゃあ、行ってくる」

カリムは軽く手を振って、玄関から出ていった。まだ同居してから長くないが、何年も一緒に暮らしているような感じがする。

「なんだかおかしな感じだよなぁ……」

隼人はくすっと笑うと、そのままシャワールームへと入った。

＊＊＊

カリムはアパルトマンを出て、バイト先だったカフェレストランへ向かって歩いた。徒歩十分もしない場所にあるのだが、そのまま店の前を通り過ぎ、小さな広場へと出る。そこで背後に振り返った。

「ミドハト、お前はいつから探偵もどきになったんだ?」

「ご無沙汰《ぶさた》しております。殿下」

暗闇から出てきたのは、ブラックスーツを纏った青年、ミドハトであった。彼はカリムの乳兄弟であり、将来の側近候補とされている。

「部下から殿下が見つかったと連絡が入り、こちらまで参りました。いつお声を掛けようかタイミングを計っておりましたところ、わたくしに気づいてくださりありがとうございます」

「帰るがいい。バイト先までやってきたあの男たちに、二度と顔を出すなと伝えたはずだ」

バイトを辞めるまでの四日間、隼人には追っ手を上手く躱せたと言ったが、本当は翌日、すぐに男たちが現れて、カリムを国に連れ戻そうとした。

国――。

それはアラブの一国、デルアン王国のことである。カリムはその王国の第二王子であった。

一歳上である義兄の第一王子は、既に政治絡みで公の場に顔を出すようになっている。そのため国王である父は、この六月に大学を卒業した第二王子のカリムも公の場へ引っ張り出そうとしているのだ。後戻りのできない場所まで追い詰めるつもりだろう。

ただ、カリム自身も少しずつ気づいていた。このまま王族を嫌って家出していても問題は解決しない。腹を括《くく》って、公人として生きていかなければならないことを納得しつつあった。

いつまでも普通の生活がしたいという夢を追い続けていてはいけないのだ。それが許されるほど、カリムの責務は小さくなかった。

「ミドハト、もうしばらく私の好きなようにさせろ。時期が来たらデルアンへ戻る」

大学を卒業してまだ一ヵ月も経っていない。もう少し自由でいたかった。

「なんと、本当でございますか？　殿下……」

ミドハトが信じられないといった様子で尋ねてくる。

「本当でなくともいいのか？」

「いいえ、もう腹を括ってくださいませ。殿下」

冗談を言ったつもりだったが、ミドハトには通じなかったようで、真剣な顔で返される。それでカリムは自分がまだ覚悟ができない子供であることに改めて気づかされた。周囲はカリムが思っているよりも深刻な状況なのだ。

「そうだな……夢の時間もそろそろ終わりだ。所詮《しょせん》、私も父の駒《こま》の一つだ。それ以上でもそれ以下でもない。王国の発展のための礎《いしずえ》になる覚悟をしないとならないということだ」

「あなた様はデルアン王国にとって、なくてはならない御方です。駒の一つなどと、おっしゃらないでください。わたくしは殿下が活躍するお姿を見たいのです」

彼を困らせているのも承知していた。国王である父からの催促もかなりあるのだろう。

「買いかぶりすぎだ。こんな大人になりきれない男、早く見捨てたほうがいい」

本音だ。普通のことに憧《あこが》れる少年だった自分は、二十二歳になってもまだ、普通であることに未練を残し、中途半端なままだ。

「殿下……」

「この夏のバカンスは、隼人と普通の生活をする。一切、私たちには手出しをするな。隼人の前に姿を現すことも許さぬ。いいな。父上にもそう伝えておけ」

「御意に」

カリムはミドハトの返事を聞くと、今度こそバイト先だったカフェレストランへと向かったのだった。

＊＊＊

隼人はカリムと予想以上に楽しくバカンスを過ごしている。あれからカルカッソンヌやポン・デュ・ガールなどにも出掛けて楽しんだ。

さらにカリムは料理がまあまあできるとのことで、この一週間はほぼ毎日、朝食や夕食を作ってくれていた。

隼人は隼人で、夕食をカリムと一緒に作るようになっていた。今までも作ろうとは思っていたが、面倒でつい外食ばかりになっており、さすがに飽きていたのだ。そこで、カリムが夕食を作ってくれることになった時、隼人も自炊しようと重い腰を上げたという訳だ。

それにカリムと一緒にわいわい言いながら料理を作るのが、とても楽しいのも理由の一つだ。二人で作り、そして二人で食べる。その何でもないことが、とても心浮き立つものとなっていた。

「本当に、カリムと一緒に過ごせてよかったよ。一人でいたら、今頃、カップラーメンばかり食べて、持ってきた分だけでは足りなくなって、スーパーで買い足しをしていたに違いない」

「カップラーメン、好きなんだな」

「好きじゃないけど、お湯だけで作れるから、頻度は自然と高くなる」

「パスタのほうが美味しいぞ？」

「君はこんなに上手くパスタを作れるから、そう言えるんだよ。ほんと、美味しいっ」

隼人はボンゴレのパスタを口にした。絶妙な茹《ゆ》で加減といい、プロ並みの美味しさだ。

「イギリスで、アルデンテなんて硬さに出会ったことがない。もう茹ですぎてもたもたのパスタばかりだから、アルデンテは久々で嬉しい」

「自分では作らないのか？」

「まあ、作るけど、君ほど上手くない。正直に言うと、僕が作ると、もたもたのパスタになる。それにソースもトマトソースしか作れないから飽きて、結局外食になる。君は本当に何でも作れるんだなぁ」

「大学時代のルームメイトがイタリア人で、そいつに教えてもらったのさ」

「そのイタリア人のお友達も料理が上手かったんだ」

「ああ、特にパスタの茹で加減にはかなり煩《うるさ》かったな」

カリムがそのときのことを懐かしみながら双眸を細める。彼にとっていい思い出なのだろう。だがそう思うと、何となく隼人は心がもやもやとした。

なんだろう……。

この症状の原因がよくわからず、再びパスタを口にする。するとカリムが話を続けた。

「人生は面白いな。こうやって自分でパスタを茹でて、誰かと一緒に食べる。こんな日が来るとは思っていなかった」

「え？　もしかして結婚するつもりがないのか？　君だったらその気になれば、可愛い奥さんと一緒に、いくらでもご飯を食べられると思うけど？」

そんなカリムの将来を、隼人は容易に想像できる。だが彼にとっては違うようだった。

「ここに私がいること自体、自分でも夢のようだと思っているよ」

カリムの様子から、隼人はふと思い当たる。

「……もしかして、お父さんから何か連絡があったのか？」

「いや、ない。どうして？」

カリムが見つめてくる。その美しく黒い瞳に隼人は吸い込まれそうになりながらも、答えた。

「何となく元気がない気がしたから」

「はは、お前はよく私を見ているな」

「君と二人で暮らしているから、何となくわかるようになったよ」

そう言うと、カリムが柔らかな笑みを浮かべた。

「何となく、わかるか……。お前がいて、私がいて。二人で働いて、一緒に住んで……そんな夢をずっと見ていられたら、どんなに幸せだろうな」

「幸せって……。じゃあ、もし君が日本でレストランを始めるなら、一緒に住もうか。あと一年ロンドンで勉強したら、僕は日本へ戻って就職する。最終的には実家の会社に入るつもりだから、国は日本でないと困るけど。君が特定の場所でないと駄目でなければ日本はどうかな？　こうやって一緒に過ごしていて、君とは結構気が合うこともわかったし」

「日本……」

カリムが驚いたように呟くので、隼人は改めて彼の気持ちを尋ねた。

「日本はどう？　君の夢の舞台に」

「はっ、それもいいな」

「いい案だろう?」

ウィンクをして言うと、カリムは堪《たま》らないといった様子で噴き出した。

「まったく、お前といると、何もかも手に入りそうだ」

「それは良かったよ」

にっこり笑って偉そうに言ってやる。すると彼がまた笑い出した。

こんな日が、このバカンスだけでなく、隼人の卒業後も、ずっと続くかもしれない。そんな予感がして、隼人は胸を熱くした。


ブランチのタイミングでボンゴレのパスタを食べた後、二人はバカンスの拠点としているアヴィニョンの街をじっくり見ることにした。

まずは教皇庁の前からプティ・トレインに乗って、旧市街を観光する。いつも歩いて通っている狭い路地を、幅ぎりぎりでトレインは通過していった。

よくもこんな細いところを通るものだと、はらはらしたりするが、どこかのテーマパークのアトラクションのようで面白い。

トレインといっても、タイヤのついた乗り物で、がたがたとした石畳を、ゆっくりと進む。そのためある程度、時間に余裕がないと、なかなか乗れない代物であった。

迷路のような中世の街をトレインに乗って進むと、まるでタイムスリップでもしたような気分になる。だが、大通りに出るとファストファッションの大手ブランドの店舗があったりと、中世と現代が混在した街だった。

歴史地区を一通り周遊した後は、城壁に沿って外側に出る。しばらくすると、サン・ベネゼ橋、別名アヴィニョン橋が左手に現れた。童謡で有名な橋である。ここは既に本来一緒にバカンスをするはずだったジョアンと来ていたので、今回はそのまま通過する。

頬《ほお》に風を受けながらローヌ川沿いをトレインで進むのは気持ちが良かった。カリムと二人で、流れる景色を無言で見つめる。

やがて高台へとトレインは向かった。結構な勾配《こうばい》があるため、歩くと少し大変そうな道であったが、トレインは坂を歩く人を横目にすいすいと前に進み、教皇庁の裏側にあたるロシェ・デ・ドン公園へと到着した。二人はここで降りることにする。

「うわ……凄い眺め」

隼人は高台からローヌ川を見下ろした。大きくゆったりとした流れのローヌ川に心を奪われる。視線を流れに沿ってずらすとサン・ベネゼ橋の全景が目に飛び込んできた。

「ここからのほうが、しっかりサン・ベネゼ橋が見えるな」

カリムに声を掛ける。こうやって思ったことを話せる相手がいるのは楽しい。

「ああ、新市街地も一望できて、なかなかいいな。バイト仲間から、観光するといいと勧められただけはある」

カリムもいろいろリサーチしてくれていたようだ。

ロシエ・デ・ドン公園は地元の人も散歩に訪れる美しい公園である。カフェも併設されているが、鳥が羽を休める綺麗な池もあり、そこで座ってゆっくりできるようにもなっていた。

カフェで飲み物とピザ、バゲットサンドをテイクアウトして、池の畔《ほとり》のベンチに二人で並んで座る。水鳥が優雅に水面を泳ぐのを見ながら、食べ物を二人でシェアした。

きらきらとした緑の中、水のせせらぎと、鳥のさえずりに包まれる。

「なんだか優雅な気分だ。こんなに時間を贅沢《ぜいたく》に使ってていいのかな」

「いいに決まっている。これがバカンスさ。日本人は勤勉すぎる」

「そうだな。バカンスの最中だもんな。時間は贅沢に使おう」

「まあ、私は家出中だがな」

カリムが自分のことを冗談っぽく口にしたのを聞いて、隼人は彼が少し前向きになったことを感じた。

「カリム、お父さんと話し合う覚悟はできた？」

尋ねると彼の視線が、ちらりとこちらに向けられる。

「……話し合うか。たぶん父に会ったら、私は閉じ込められて、誰がやってもいいような仕事をさせられるかもしれない。話し合って折れるような父だとは、今はまだ思えないからな。確かに以前、隼人が言ったように、父には父なりの思いがあるのかもしれないが」

カリムはそう言ってコーヒーを一口、飲んだ。そして目の前のエメラルドグリーン色の池を見つめた。

「……こんな美しい世界で普通に生活をして、人生を歩みたい。それが贅沢なことだとはわかっているが、自分の力で切《き》り拓《ひら》いた人生を歩んでみたい。私でなくてもいいところに、私は留《とど》まりたくない」

「なら、その場所を、君でなければいけないところにすればいいだろう？」

「え――――？」

彼が隼人へと顔を向ける。隼人もつい勢いで口にしてしまったが、自分でもその通りだと改めて思い、言葉を続けた。

「ちょっと前に言ったことと矛盾するけど、カフェレストランをやるのを、例えば後回しにして、お父さんが君にさせたがっている仕事を、誰でもいいような仕事ではなく、君でなければいけない仕事にしてみたらいいんじゃないか？　そうしたら誰でもいいなんて思わないだろう？　君自身で居場所を作れよ」

「私でなければいけない仕事にする……」

「そう。その仕事で君の人生を切り拓くのさ。それでもやっぱりカフェレストランのほうがやり甲斐があるなら、お父さんも納得するだろう?」

隼人は話しながらピザを食べた。チーズの味が濃くて美味しい。すると隣でカリムが息を吐いた。

「はっ……そういう考え方があるか」

「まあ、君がカフェレストランをやってくれないと、日本で一緒に住めないけどな。あ、でも君の仕事を日本でもできるようにしてくれたら、一緒に住めるかな」

「隼人、そんなに私と一緒に住みたいのか?」

「君が最初に言ったんだろう? 僕だけの片思いみたいに言うな」

ちょっと冗談っぽく言ってやると、カリムが困ったような笑みを浮かべた。そして内緒話でもするつもりなのか、隼人の顔に顔を近づけてきた。

え――――?

彼の唇が隼人の唇に重なる。だがそれはすぐに離れていった。

「なっ……なに?」

「ピザソースがついていた」

「ピザソースっ⁉」

慌てて唇を手の甲で拭《ぬぐ》うと、確かにピザソースがついていた。だが、だが――――!

それを自分の唇で舐《な》めとるか――――っ⁉

隼人は動揺して口をぱくぱくとさせるが、カリムはくすっと笑うと、そのまま平然としてバゲットサンドを食べ始めた。

「な……な……」

おたおたするのは隼人だけだ。カリムなど、どうした？　みたいな表情で、隼人にバゲットサンドを半分に切って『食べるか？』と差し出してくる。

「君なぁ、イケメンは何をしても許されるって思うなよ」

文句を言いながらも、差し出されたバゲットサンドを貰って頬張《ほおば》る。バゲットサンドに罪はない。

「私をイケメンだと思ってくれるのか。それは嬉しいよ」

「……このバゲットサンドのプロシュート、全部没収だ」

「ああ、いいさ。隼人はプロシュート好きだよな。何ならプロシュートのサラダを追加しようか」

「なに、この人。家出中なのに、イケメンで金持ちって許せん」

さっきオーダーするときにメニューをちらりと見たが、結構いいお値段をしていたのが、プロシュートのサラダだった。

「金持ちじゃないが、大好きな相手に、好きなものをプレゼントしたいと思うのが男心だろう？」

「え？」

何か今、胸がドキッとするようなことを言われた気がして、カリムを二度見した。だが、カリムは笑うばかりで、今の言葉を聞き返すのが躊躇《ためら》われる。

「ほら、こっちのバゲットのプロシュートも食べろよ」

フォークで器用にカリムは自分の分のバゲットサンドからプロシュートだけを抜いて、隼人の口許《くちもと》に持ってくる。いわゆる、これは『あ～ん』というシチュエーションだった。

な、ななな……っ！

いきなりそんなことをされ、顔が熱くなる。しかしここで彼を無視すると、余計意識していることがバレそうな気もして、口を開けるしかなかった。

う、恥ずかしい……。

隼人が困惑するも、カリムは楽しそうに隼人の口にプロシュートをそっと押し込む。

「フフ、親鳥が、ひな鳥に餌《えさ》を与える気持ちがわかるな」

「んんっ……」

僕はひな鳥かっ！

と突っ込みたいが、プロシュートで口がいっぱいという幸せで、口が開けられない。

「さあ、これを食べたら、教皇庁へ見学に行こう」

そう言いながら、カリムもレタスと玉ねぎしか挟まれていないバゲットサンドを口にしたのだった。


二人は公園を抜け、教皇庁へ向かう。先ほどのカリムとのキスといい、隼人は困惑しながらも、足を動かして前へ進んでいた。

うう……これはどういう意味なんだろう。カリムって、男性が恋愛対象の人？

頭を抱えたくなるが、とりあえず平静を装って、時々カリムに話し掛けられるも、どうにか上手く返答をしながら歩く。

そうだったら、どうしよう……。でも、でもな！　もしそうだとしても、そんなに嫌だと思わない自分もいるんだよっ！

叫びたくなる気持ちを抑えながら、顔を上げると、見事なゴシック建築である教皇宮殿が木陰から見えた。

「この角度からの教皇宮殿も迫力あるな……」

「ああ、当時、贅《ぜい》を尽くした宮殿だったようだ」

二人はそのまま教皇宮殿へと入館する。

十四世紀にローマからこのアヴィニョンへと教皇が遷座したことで、アヴィニョンは当時のヨーロッパの文化・芸術の中心へと発展し、栄華を極めていた。この教皇宮殿もイタリアから多くの芸術家を呼び寄せ、外見だけでなく、内装も豪華だったらしい。

「……でも、今は中、がらんとしているね」

略奪や破壊が繰り返された結果だ。当時の面影は僅《わず》かしか残っていなかった。

「このタブレットで、当時の様子がわかるらしいぞ」

カリムと借りたツアー用タブレットを覗《のぞ》き込《こ》む。彼のフレグランスの香りが隼人の鼻を掠《かす》め、鼓動が跳ね上がった。

う、僕、意識しすぎだ……。カリムめ、大好きと言ったり、ソースを舐めとったりするから、こんなに意識するようになったんだぞ。

つい横目で睨《にら》んでしまう。

「なんだ？」

「別に」

そう言ってさりげなくタブレットに視線を戻すと、カリムが吐息だけで笑ったのがわかった。

「そんなに意識されると、かえって期待してしまうがいいのか？」

「き、期待ってっ……何を……」

「フッ、何だろうな」

意味ありげに笑って、そんなことを言ってくる。

こいつ、絶対、いろいろと確信犯だっ。

「あっちに教皇専用だった大礼拝堂があるらしい。行こう」

いきなり手を摑まれたかと思うと、引っ張られる。

え――――？

「カ、カリム！」

動揺する隼人を、カリムはわざとなのか無視をして、手を摑んだまま大礼拝堂へと歩き出した。

結局、隼人は気もそぞろに教皇宮殿の観光を終えることとなった。


レピュブリック通り沿いにあるブラスリーで、隼人はカリムと二人で夕食を終えようとしていた。

教皇宮殿の後、プティ・パレ美術館を見学してから、アヴィニョンの街をゆっくりと散策して夕食をとったのだが、隼人としては、観光したかどうかわからない状況になっていた。カリムのことを意識しすぎて、観光に身が入らなかったのだ。

もちろんそんなことはカリムには気づかれないように、いつもと同じように振る舞っていたつもりである。だがその努力もカリムの一言で無駄だったとわかった。

「隼人、キスをしたこと、そんなに嫌だったか？」

食事も終わり、そろそろ会計をしようかというときであった。カリムからいきなりの先制パンチがくる。

「キ、キス！」

一瞬大声を出してしまい、慌てて小声にした。

「もう、ソースを舐めとっただけだろうが。大袈裟に言うなよ」

「隼人がそういうことにしたいなら、そうしてもいいが？」

カリムの瞳が、ちらりと焔《ほのお》が灯《とも》ったように煌《きらめ》いた。

「……そういうことにしろよ。容赦ないな、君。まだバカンスは続くんだ。気まずくなりたくない」

「気まずいか……。私は気まずくはないが？　お互い気があるのに、気のないふりをするのが、お前にとっては有意義なバカンスの過ごし方なのか？」

「お互いって……どうして僕が君に気があるって断言するんだ」

そう反論しながらも、隼人の心臓が、次第にどくどくと大きな音を立てて震え出す。同時に彼がテーブルに頬杖《ほおづえ》をついて首を傾げた。

「隼人は私のことをどう思っている？」

「どう思っているって……男同士だし……」

「男同士だと恋愛は駄目なのか？」

「駄目って……」

　自分で自分の気持ちがわからなくなってくる。そんな莫迦《ばか》な、と思いながらも、カリムに惹《ひ》かれていることも事実だった。

　そんな隼人の態度をカリムはどう思ったのか、おもむろに札をテーブルに置くと、会計を知らせるジェスチャーをスタッフに示す。スタッフはすぐにやってきて、料金を受け取り戻っていった。会計を済ませた途端、カリムが席を立つ。

「出よう。ここでは大切な話はできないからな」

「え？　あ……ああ」

　隼人自身も、このもやもやとした感情を整理したかった。カリムと恋愛ができるのか、彼と話し合ってみたいという気持ちがあるのは否めない。

　ブラスリーから出ると、外は小雨《こさめ》が降っていた。空を見上げると分厚い雲が広がり、街灯に照らされた雨が、暗闇の中できらきらと光っている。

「雨か……。このまま行く？」

　夜十時を過ぎているが、まだ飲食店は営業しているところが多い。

「そうだな。アパルトマンまで、すぐだから走るか」

カリムはそう言うと、隼人の手を握り走り出した。

「ちょっと、カリム！」

いくら雨で人通りが少ないといっても、男二人が手を繋《つな》いで走っているのは、変に思われるのではないかと、隼人は冷や冷やする。だが、カリムはまったく気にしないといった様子で、隼人の手を握ったままだ。

途中、時計台広場にあるメリーゴーラウンドを横目に見つつ、隼人はカリムに引っ張られるまま走った。

走っているからなのか、心臓がどきどきしてくる。カリムの背中に目を向ければ、その鼓動がさらに大きくなったような気がした。

緩やかなカーブの路地を二人で走る。雨が少し激しくなり、思った以上に髪や躰が濡れた。ようやくアパルトマンに到着する。五分くらいしか走っていないが、上から下までびしょ濡れだった。急いで部屋へと上がる。

「こんなにびしょびしょになる予定じゃなかった」

部屋の中へ入り、雫《しずく》が垂れる前髪をかき分けながら隼人が言うと、カリムが真剣な瞳をこちらへ向けていた。

「――隼人」

震える声で名前を呼ばれ、抱き締められる。

「え、カリ……っ……」

彼のしっとりとした唇に口を塞《ふさ》がれた。服越しに彼の体温が伝わってくる。そのぬくもりに包まれていると、どうしてかこれを手放したくないという思いが湧《わ》き起《お》こってきた。

「っ」

衝動的に隼人はカリムの背中に手を回してしまった。隼人も彼を抱き締めたかったのだ。

愛なのか何なのかわからない。彼のぬくもりが欲しいと、純粋に思っただけだ。だが、それが隼人の、間違いなく正直な気持ちだった。

「隼人……」

彼の掠《かす》れた声に視線を合わせることができない。合わせてしまったら、今まで彼との間で築いたものが、何もかも崩れてしまいそうな気がした。すると首筋に彼の吐息が当たる。

「隼人、シャワーを浴びよう。このままでは二人とも風邪をひく」

もっと抱き締めていたかったのに、彼がそっと離れた。それでも視線を合わせずにいると、カリムが隼人の手を引っ張る。引っ張られるままにシャワールームへと二人で入った。

雨で濡れたシャツが脱ぎにくく、手間取っていると、カリムが器用に脱がせてくれた。

隼人も一緒にカリムのシャツを脱がし、二人とも一糸纏《まと》わぬ姿を晒《さら》す。

シャワーヘッドから、いきなり生ぬるい水が頭上に降ってきた。カリムがシャワーのコックを捻《ひね》ったようだ。

夏でよかった……。冬だったら、凍え死ぬところだった……。

そんなどうでもいいことが頭を過《よぎ》る。意外と自分が冷静なのか、そうじゃないのか悩むところだ。

隼人がシャワーに濡れたままになっていると、カリムが不安そうに尋ねてきた。

「もしかして、お前はこういうことに、その……慣れているのか？」

「バカ言え。慣れているわけないだろ」

本当にバカなことを言うカリムを一睨みする。すると彼が笑った。

「やっと私を見てくれたな」

「なっ……」

嵌《は》められた。カリムも隼人が視線をわざと合わせなかったことに気が付いていたらしい。

悔し紛れにもう一度睨むと、彼の手が頬に触れ、顔を覗き込んできた。あからさまに視線を外すことができず、しばらく見つめ合う。何度見ても美しい男だった。この男と、今、こんな関係になっていることが不思議でならない。

彼の双眸が優しげに細められる。

「お前の最初の男になりたい」

「……最初だけでいいのか？」

挑発してやると、彼がくしゃりと笑った。

「最後の男にもしてくれるのか？」

「君次第だな」

「なるほど、では、お前に捨てられないように精いっぱい努力しないとな」

彼の唇がそのまま隼人の唇を塞いだ。熱く濡れた舌がするりと歯列を割り、滑り込んでくる。そして隼人の口腔《こうこう》を甘く弄《いじ》った。隼人も彼に応《こた》えようと必死に舌を絡ませる。シャワーでずぶ濡れになりながらも、次第にキスに夢中になり、何も考えられなくなった。

愛《いと》しさが胸に込み上げる。友情という枠の中には収まりきれない感情、情欲。

カリムの指が隼人の脇腹《わきばら》を滑り落ち、下肢へと辿《たど》り着《つ》く。そして既に膨らみ始めていた隼人の熱を柔らかく握った。

「あっ……」

「いい声だ、隼人。私を誘う甘い声だ……」

耳朶《じだ》を甘嚙《あまが》みされながら囁《ささや》かれると、ぞくぞくっとした痺《しび》れが隼人の背筋を駆け上がる。カリムはそのままシャワールームの床に跪《ひざまず》き、今度は隼人の下半身に舌を這《は》わせた。

「はあっ……そんな……ところ……舐める、な……ああっ……」

カリムの少し癖のある髪に指を絡ませ、押しのけようとするも、がっしりと腰を掴まれ、ホールドされてしまった。

恥ずかしい話、童貞である隼人にとって、そんな場所を舐められたことがないので、刺激が強すぎる。

イギリスの大学に入るため、高校時代は勉強に明け暮れ、無事に留学したらしたで、物凄く勉強しないと、授業についていけない。そんな隼人に恋人ができる暇などなかったのだ。

「あ……だめ……出る……カリムっ……放せっ……くっ……」

そのため、簡単に陥落してしまう自信はたっぷりあった。何もかも初心者なのだ。

「あああああっ……」

あっと言う間に隼人は達してしまった。飛び散った精液が、隼人の肉欲に唇を寄せていたカリムの彫りの深い端整な顔にかかる。

「あ……カリム、ごめんっ……」

カリムはそれを手の甲で拭って、舌先で舐めとった。

「なるほど……女性にも、されたことがなさそうだな」

「な……ない。僕は君みたいに百戦錬磨みたいな生活はしてないから！」

「誰が百戦錬磨だ。たった一人の男を手に入れるために、こんなにドキドキしているのに」

そう言ってカリムが立ち上がる。隼人の目の前には均整のとれた体軀《たいく》を晒す男がいた。決して女ではない。

「っ……」

隼人が改めてカリムの顔を見上げると、彼が苦笑しているのが目に入る。どうしてか初めて彼のことを可愛いと思ってしまった。

「そろそろ躰も温まったな」

カリムがシャワーを止めて、一旦シャワールームから出ると、今度はバスタオルを数枚持って現れた。そのまま隼人は頭から足の先まで彼に丁寧に躰を拭《ふ》かれる。彼自身は適当に躰を拭いた。

「ベッドに行こう、隼人」

舞踏会にでも誘われるような感じで、手を引っ張られる。エスコート慣れをしている証拠だ。だが隼人のほうは緊張で足がもたつく。するとカリムが焦《じ》れたように隼人を抱き上げた。

「なっ、カリムっ！」

そのままベッドルームへと連れていかれる。ベッドルームには普段、隼人が使っているベッドがあり、カリムはいつもリビングのソファーベッドを使っていた。確かに二人で使うなら、ベッドルームのベッドのほうがいい。

二人の重みでギシリとベッドが軋《きし》んだ。

「お前を抱くなら、どこかホテルでも予約して、もっと大きなベッドが良かったな。許せ」

「許せって……あっ」

カリムが隼人の首筋に唇を寄せる。それだけで隼人の気が遠くなりそうだった。何もかも初めてであるのに、こんな百戦錬磨のような男が相手では、隼人の理性など木《こ》っ端微塵《ぱみじん》にされるのがオチだ。だが、

「隼人、抱いていいか？」

この期《ご》に及んでそんなことを聞いてきた。

「私は、お前を抱きたい。そして愛したい」

「カリム……」

この男に出会ったのは運命だったのかもしれない――。

ふとそんなことを思ってしまった。

「隼人？」

隼人は瞼《まぶた》を閉じて息を整えた。自分にまだ理性があって、冷静に判断できることを確認

する。そして改めてカリムに抱かれたいと思う自分がいることを認めた。

「――初めてだから、上手くできるかわからないが……、僕も君と愛し合いたい。君に流されたんじゃない。これは僕の意思だ」

「ありがとう、隼人……」

カリムが嬉しそうに囁くと、そのまま隼人の上に覆いかぶさってきた。カリムの手入れのされた指先が隼人の内腿《うちもも》に触れてくる。それだけで心臓が飛び跳ねた。

「あっ……」

声を上げると、その声さえも愛おしいという様子で彼の唇が重ねられる。閉じていた唇を彼が舌先でノックしてきた。隼人は恐る恐る唇から力を抜き、彼の舌を受け入れる。

口蓋《こうがい》を丁寧に弄られ、舌を搦《から》め捕られたかと思うと、執拗《しつよう》に吸い上げられた。何度もそれを繰り返すうちに、甘い痺れが口の中いっぱいに広がる。次第にそれは隼人の下半身へと伝わり、ずしりとした重みに変わった。

喉《のど》が張り付き、どうしようもない飢えを感じる。もっと、もっとキスがしたい。

飲み込み切れない唾液《だえき》が隼人の口端から溢《あふ》れ出《だ》す。それと共に、頭の芯《しん》がぼうっとしてきた。キスだけなのに、既に降参の白旗を上げるしかなかった。

カリムは隼人の顎《あご》を伝う唾液を舌で舐めとり、首筋へと唇を滑らせる。舌のざらついた感触が、隼人を快感の淵《ふち》へと誘った。

「んっ……はぁ……っ……」

くぐもった声が口から漏れてしまう。だがカリムの舌は止まることなく、首筋から鎖骨、そして乳首へと下りていった。ねっとりとした生暖かい感触が徐々に快感へと変わり、触ってもいない隼人の劣情がぴくぴくと震える。それを知ってか、彼は乳首を執拗に舐め出した。刹那《せつな》――、

「あっ……あぁぁぁっ……」

電流のような痺れが隼人の背筋を駆け上がった。カリムの唇が隼人の胸の小さな膨らみをきゅうっと吸ったのだ。最初はただ擽《くすぐ》ったいだけだったのに、きつく吸われた途端、恐ろしいほどの快感が隼人の下肢に生まれた。

「な……なに？」

隼人は自分の胸に舌を絡ませるカリムに目を遣る。そこには信じられないほどに自分の乳首がぷっくりと勃《た》っているのが見えた。こりこりと感じるほど芯を持ち、自分の乳首がまったく別物のように変わっている。

「な、なんで……んっ……」

その乳頭にカリムの舌が絡みつき、ぺちゃぺちゃと音を立ててしゃぶっていた。

「どうして、乳首ばっか……りっ……あぁっ……」

「ここで感じるようになるからだ。お前が気持ちよくなるために、感じる場所をたくさん

開発してやる」

　彼は執拗に乳首を責め、快感を教え込もうとしてくる。例えば、乳頭を優しく歯で挟まれたかと思うと、そのまま引っ張られ、乳首の存在を隼人に刻み込んできた。

「っ……あああああ……」

　びりびりとした感じたこともないような強い快感に翻弄《ほんろう》される。

「気持ちいいだろう？　お前の乳首は、私以外には絶対触れさせてはいけないぞ」

「な、なんだよ、その独占欲っ……」

「私は独占欲の強い男なんだ。だが一途《いちず》だ。お前だけに愛を捧《ささ》げる」

　急にカリムが隼人の胸から顔を上げて、真剣な顔をして見つめてくる。

「カ、カリム……」

「愛している。こんな気持ちになったのは初めてだ」

「そ、そういうこと、誰にでも言っているんだろう？」

　つい言い返すと、カリムが背を伸ばして、隼人の下唇を甘く噛《か》んだ。

「言わない。私は気を持たせるようなことを、何とも思っていない相手に言うのは好きではない」

「嘘《うそ》じゃないんだな」

「ああ」

そう言って、ちゅっと音を立てて隼人の唇に短いキスをした。

「お前も私のことを愛してくれるか？」

「っ……わかっているくせに聞くな」

恥ずかしくて顔を逸らす。するとカリムが小さく笑った。

「フッ、そうだな。隼人は好きでもない相手と、こんなことをする男ではないな」

「……だよ」

「え？」

「好きだよ、君が」

男らしく告白すると、カリムが一瞬固まった。そしてじわじわと頬を赤くすると、顔を片手で隠して唸《うな》る。

「はぁっ、言われるとなかなか凄い破壊力だな」

「破壊力？」

「ああ、理性が思いっきり吹っ飛んださ」

「えっ、ちょっ……と……」

「待て、このままではお前が辛《つら》い」

そう言って、カリムがいきなり起き上がり、ベッドから下りた。そのままリビングへと出ていったかと思うと、すぐに片手に小瓶を持って戻ってくる。

「潤滑油だ。少し催淫剤《さいいんざい》が入っているが、人体に害はないものだから心配するな」

「心配するなって、君、準備万端すぎっ」

「チャンスは逃さない、がモットーだ」

隼人をまた押し倒し、膝裏《ひざうら》を摑んだと思ったら、カリムが腰を進めてきた。これでは足を閉じることができない。

「あっ……」

乳頭を指の腹で柔らかく押《お》し潰《つぶ》される。

「気持ちいいか？」

尋ねられながら、舐められたせいで既に赤く腫れた乳頭を指の股《また》で挟まれ、ぐりぐりと扱《しご》かれる。

「あっ……あぁっ……ふぅっ……」

「いいようだな」

耳に舌を入れながら囁かれる。隼人の全身に快楽がざわめいた。するとカリムの指が、ゆっくりと隼人の劣情に絡みつく。

「また濡れてきたな」

「んっ……そんなこと……言うな……慣れてない……んだっ……うっ……あぁぁっ……」

いきなり下半身を扱かれる。他人に扱かれたことがなかった隼人にとって、それは強烈な快感であった。

膝が胸につくくらい折り曲げられる。臀部《でんぶ》をカリムの目に晒す恰好になり、羞恥《しゅうち》を覚えた。こんな恰好、赤ん坊の頃、オムツを交換してもらったとき以来、したことがない。

「最初は違和感があるかもしれないが、少し我慢してくれ」

「えっ?」

違和感だの、我慢だの、意味がわからず聞き返そうとしたが、すぐにその意味がわかった。カリムがゆっくりと双丘の狭間《はざま》にある小さな孔《あな》に指を挿《い》れたのだ。

「あっ……抜いて、抜いてく、れ……っ……カリム……っ……」

男同士がここを使ってセックスすることは、知識としては知っていた。だが、『知っている』と、実際『する』とは大きく意味が違う。

「もう少し我慢してくれ。潤滑油が馴染《なじ》むまでだ」

カリムに言われ、隼人はきつく瞼《まぶた》を閉じて耐えた。目尻《めじり》から涙が滲《にじ》む。だが少しずつ痛みは消え、もやもやとした何とも言えない感覚が下肢から生まれてきた。

な、なに?

カリムの指はゆっくりと動き、潤滑油を隘路《あいろ》に塗り広げているように感じる。

「あっ……」

快感に似た感覚が湧き起こる。これが催淫剤の効果なのだろうか。

「大丈夫そうだな」

カリムは囁くと、今度は隼人の中を指で掻《か》き回し始めた。

「な……え？　あぁぁあっ……な、なん、で……はぁぁっ……」

得も言われぬ喜悦が隼人の中で弾《はじ》ける。あまりの良さに、ぶわっと涙が零《こぼ》れ落ちるほどだった。

「ここだな」

カリムが再び『ここ』という箇所を強く擦ってきた。瞬間、隼人の目の前に火花が散ったような錯覚を抱く。

「あぁぁぁああっっ……」

「気持ちいいか？　隼人」

「あっ……あ、あ……」

脳が快感に痺れ、上手く答えられなかった。さらにいつの間にかカリムの指が二本に増えているようだった。

「力を抜け、隼人。そのほうが楽だ」

内壁の襞《ひだ》が指で押し広げられる感覚に、どうしようもなく躰の芯が甘く震える。

「三本目も入った」

「三本……って、なに……がっ……あぁぁ……指を動かす……なっ……ふっ……」

縦横無尽に動く指に、しばらく翻弄されていると、カリムが熱い吐息混じりに呟いた。

「だいぶ柔らかくなったな。そろそろ挿《い》れるぞ」

「あ……」

思わず身構える。だが、カリムは隼人の柔らかい内腿にキスをした。じりじりとした熱が全身を蝕《むしば》む。

「力を抜いておけ。あとこの催淫剤の効き目は凄い。あまり痛みを感じないはずだ」

「そんな……」

痛みと聞いて少し躊躇するも束《つか》の間《ま》、カリムの指が蜜孔《みつあな》から引き抜かれたかと思うと、すぐさま灼熱《しゃくねつ》の楔《くさび》が押し入ってきた。

「あぁぁ……カリムっ……」

耐えきれず腰を揺らす。

「ふあっ……あっ……」

チリリとした痛みを一瞬感じたが、すぐに淫猥《いんわい》な疼痛《とうつう》が下腹部に生まれた。これが催淫剤の効果なのだろう。

隘路を淫《みだ》らな熱で埋め尽くされ、思わずカリムを締め付けてしまった。途端、頭上で甘い唸り声が聞こえる。

「くっ……はっ、すぐにでも持っていかれそうだな」

色香のある笑みを浮かべられ、隼人の腰が甘く疼《うず》く。彼の笑顔だけでこんなに感じてしまう自分はどれだけ快楽に弱いのか、いや、どれだけこの男を愛しているのか、思い知らされた。

「あっ……そんなに激しくっ……ゆするなっ……はぁっ……あぁぁ……」

カリムの腰が意地悪に動く。弱いところを何度もごりごりと強く擦りつけられ、嬌声《きょうせい》を上げさせられた。喉を仰《の》け反《ぞ》らせて快感を凌《しの》ぐ。

「はぁぁっ……」

狂おしいほどの愉悦が隼人の中で煮《に》え滾《たぎ》った。奥まで突かれ、知らなかった悦《よろこ》びを覚えさせられる。

知らない――。

こんな快感が自分の内にあるなんて、今まで知らなかった――。

緩急をつけて抽挿を繰り返される。隼人は凄絶《せいぜつ》な快楽に猛襲され、意識を飛ばしそうになった。躰が燃えるように熱い。熱くて蕩《とろ》けてしまいそうだ。

「辛くないか？」

喜悦に溺《おぼ》れ、気遣う声にも反応できない。ただ首を振るばかりだ。

「よさそうだな……」

カリムは隼人の様子から勝手に判断して、隼人の両膝《りょうひざ》を肩に抱え直し、腰を強引に引

き寄せた。さらに奥へと彼の欲望が捻《ね》じ込まれる。

「あぁっ……奥に……深……いっ……あぁあっ……」

「煽《あお》るな、隼人」

「煽って……な……いっ……あっ……」

カリムの動きが一層激しくなる。ガクガクと揺さぶられ、隼人は彼の動きについていくのが精いっぱいだった。きつく躰を折り曲げられる。彼が激しく穿《うが》つたびに、膝が隼人の胸についた。どこまでも奥へと入り込んでくる灼熱の屹立《きつりつ》に、快楽を支配される。

何度も寄せては返す快感に、耐えられなかった。劣情に直接触られたわけでもないのに、隼人は再び射精してしまった。

「あぁぁぁっ……」

自分の顔とカリムの顔に白濁した体液が飛び散る。改めてなんと卑猥《ひわい》なことをしているのかと思ったが、それがまたスパイスとなり、隼人の躰に快楽の焔を灯した。

「ふっ……」

また短く吐精してしまう。

「初めてなのに、後ろだけで達《い》けるとは。隼人、お前と私の躰の相性は最高のようだ」

「よく言うっ……あ……あっ……くぅ……」

快楽の余韻で隼人の躰がまだ震えている。荒い息遣いに胸を上下させ、力尽きシーツに沈んでいると、唇の端にキスをされた。

「私が達くまで、もう少し頑張ってくれ」

「んっ……」

カリムの腰の動きが激しくなる。カリムの男根が隼人の蕾《つぼみ》に抜き差しされるたびに、ぬちゃぬちゃと濡れた音が寝室に響いた。しかも音だけでなく、二人が繋がった場所から精液が泡立ち、隼人の淡い茂みに雫が垂れているのも目に入る。

「ああっ……ああっ……」

もう何がどうなっているか、わからなかった。快楽に思考を占領され、ただただ喜悦の沼に沈んでいくだけだ。カリムと二人、深く、深く、這《は》い上がれないほど深く沈む。その先には楽園が待っているに違いなかった。

大きく揺さぶられ、隼人の意識が飛びそうになる頃、躰の奥で熱い飛沫《しぶき》を感じる。カリムがやっと達ったのだ。中がびっしょりと濡れる感覚に、隼人の躰が反応し、熱がまた膨れ上がった。

「ああっ……いや……っ……どうして、こんな……っ……ふっ……」

吐精したばかりなのに、また達ってしまう。淫らな熱は収まることなく、濁流となって噴き出した。カリムが隼人の下腹に散った精液を塗り広げる。そしてそのまま己を抜くこともなく、再び腰の動きを激しくした。

「なっ……もう……あぁっ……」

「あともう一回。できるだけ優しくする」

カリムが不敵な笑みを男のフェロモンが滲む顔に浮かべる。

「そんな……ふっ……」

隼人はカリムに貪《むさぼ》られるまま、意識を飛ばしたのだった。


ふわりと意識が戻る。辺りは既に明るく、白い壁紙が朝日に照らされていた。

あ……。雨、止《や》んだんだ……。

そう思って躰を起き上がらせると――――、

「あっ……痛っ～っ！」

思わぬ激痛でベッドに撃沈する。全身が痛いが、特に下半身が酷い。そしてその痛みで、一気に昨夜のことを思い出した。

そういえば、僕、カリムと――――っ！

とんでもなく破廉恥な記憶が蘇《よみがえ》る。慌てて起き上がろうとして、再び激痛にベッドへと逆戻りした。

この痛みって……そういうことだよな。

焦る気持ちを抑えながら、今度はゆっくりと起き上がった。節々は痛いが、どうにか躰が動く。

カリム……？

部屋に共犯者のカリムの姿がなかった。リビングだろうか。

隼人は躰にシーツを巻き付け、ベッドから恐る恐る足を下ろす。そしてゆっくりと立ち上がった。歩けそうだ。

リビングへふらつきながら行くと、そこにもカリムの姿はなかった。

「カリム？」

朝食でも買いに出掛けたのだろうか。

「昨日の濡れた服、洗濯するか……」

洗面所へ行くと、カリムの濡れた服がなくなっていた。

「え……」

他にも服があるのに、わざわざ濡れた服で出掛けたことに違和感を覚える。

急に不安になり、クローゼットを開けてカリムの荷物を確認する。元々手荷物一つでやってきたカリムであるが、その荷物はクローゼットの中に入ったままだった。

カリム――。

窓から外を見るが、昨夜の雨はすっかりどこかへ立ち去り、美しく晴れ上がった青空が中世の街並みを輝かせていた。

美しく平和な街並みだ。だが、どこか隼人の胸をざわつかせる景色でもあった。

どこへ行ったんだ、カリム――。


隼人は、それからもアパルトマンに滞在し続けたが、カリムが戻ってくることはなかった。

「何が一途だ。何が、お前だけに愛を捧げるだ。嘘つき――」

やっと隼人はカリムとのことは、ひと夏の恋であったことを理解する。

結局、アパルトマンの管理会社にカリムの荷物を預け、隼人は彼の記憶を封印してアヴィニョンを去ったのだった。

そして八年が過ぎた――。

◆　Ⅱ　◆

隼人《はやと》は面白くない思いを抱きながら車に乗っていた。

「兄さん、ほら、もうすぐブラッサムのデュアン支店に到着するよ」

「ああ……」

つい、声も低くなる。実は空港には弟の律《りつ》が迎えに来てくれていた。嬉《うれ》しさに思わず律を抱き締めたところ、二人を引き離す手があったのだ。律の隣には、律の伴侶《はんりょ》、デルアン王国の第七王子、リドワーンの顔があった。

それからリドワーンが手配したリムジンに乗せられ、現在に至る。隣には可愛《かわい》い律が座ってくれているが、斜め前にはリドワーンが不敵な笑みを浮かべて座っているので、何とも不機嫌になってしまった。板挟みのような状況の律が少し可哀想《かわいそう》だとも思うが、これも仕方ない。律がリドワーンを連れてきたことに問題があるのだ。

「律、今度、観光に連れていってくれるか？　デルアン王国は初めてなんだ」

「そのつもりだよ、兄さん。デュアンには観光施設がたくさんあるから、幾つかピックアップしてあるんだ」

「律……」

律の優しさに嬉しくなっていると、斜め前から声がした。

「私も同行させていただきますよ、お義兄《にい》さん」

リドワーンの偽善染みた笑顔が癪《しゃく》に障るが、こちらもわざとらしい笑顔を浮かべているので、お互い様というところだ。

「いえいえ、殿下のお手を煩わせることではありません。兄弟水入らずで観光させていただきます」

だが、簡単には引き下がらないのも、この王子だ。

「いえ、律やお義兄さんに何かあったら大変ですので、護衛も兼ねて同行しますよ」

こちらも負けずに固辞する。

「いえいえ、結構です」

「同行します」

「結構ですっ！」

二人とも前のめりで言い合っていると、大きな溜息《ためいき》が聞こえた。律だ。

「はぁ……。リドワーンも兄さんも言い合いをしない。もう、いい大人なんだから二人とも。ほら、支店に到着したよ。二人とも仲良くしないと怒るよ」

律の声に隼人もリドワーンも背筋を正した。この可愛い弟は、怒ると意外と怖いのだ。どうやらリドワーンもそれを知っているらしい。彼もまた口を閉ざした。

律がこちらをちらりと見て、車のドアを開けた。すぐ目の前には近代的なビルが建っている。ブラッサムのデュアン支店はこの一階に構えていた。

隼人は律の後を追って車から降りた。すると小さな子供の声が聞こえた。

「律ぱぱぁ、おかえりなさい」

「ただいま、アミン。幼稚園は楽しかった？」

「うん。今日は先生が絵本を読んでくれたよ。あ、隼人おじさま？」

律と話していた幼児が隼人の顔を見上げてきた。律が早速紹介をしてくれた。

「兄さん、アプリではよく会話をしているけど、僕の息子のアミンだよ」

「っ……」

あまりの可愛さに声が出ない。ただただ、アミンを見つめるばかりだ。

「兄さん？」

「か、可愛い……」

心の声が出てしまった。そしてそのまま反射的にアミンの視線の高さまでしゃがんだ。

「本当に、律の子供の頃にそっくりじゃないか。ああ……可愛い……」

律とは公私共に、パソコンの画面で会話をしているのだが、時々アミンがその会話に入ってきて、そこで話をしたりはしていた。だが、本物のアミンに会ったのは今日が初めてだった。パソコンの画面越しで見るよりも、本物は百倍も、いや一万倍も可愛い。

「こんにちは、隼人おじさま」

「こんにちは、アミン！」

思わず抱き締めてしまった。子供ならではの体温の高さを感じ、今までトゲトゲとしていた気持ちがゆっくりと癒《い》やされていく。

「隼人おじさま、しばらくデルアンにいてくれるの？」

「うんうん、いるよ。よろしくね」

「ほんとう？　幼稚園がお休みの日、いっしょに水族館へ行きたい」

するとと律がアミンを窘《たしな》める。

「こらこら、アミン。水族館はこの間も行ったばかりだろう？　それに隼人おじさまは、仕事で来たから、あまり遊べないんだ」

「遊ぶよ。アミン、一緒に行こう。ここの水族館は行ったことないから、楽しみだな」

「兄さん……」

呆《あき》れたような響きを持つ律の声が聞こえたが、そんなのは無視をした。律が最優先だった自分には珍しいが、甥《おい》であるアミンが可愛すぎて、優先順位があっと言う間に置き換わる。これでもかというくらい顔面を緩ませてアミンを見つめていると、ひょいとアミンを抱き上げる男がいた。リドワーンだ。

「ちちうえ！」

「さあ、中に入りましょう。ここで話していると通行人の邪魔にもなりますし」

「ちちうえ、今日はお仕事いいの？」

アミンが嬉しそうにリドワーンにしがみ付く。リドワーンは隼人に見せつけるようにして、アミンの頬《ほお》にキスをした。

こいつ……わざとだな。

リドワーンは、アミンも律も自分のものだと、態度でしっかり隼人に伝えてきた。自分も大概であるが、この男も相当大人げないと思う。

隼人はアミンにだけ笑顔を向けて、先に支店へと入っていった律の背中を追った。

店内に入るとすぐ目に入ったのはゴールド。日本の金箔《きんぱく》の技術を使った文房具が、スタイリッシュに並べられていた。

これが今回、隼人がデルアンまで来た理由の一つだ。

デルアンではゴールドの色が、やはりどの色よりも一番の人気であった。そのためカラーペンも豊かな色合いのゴールドを揃《そろ》え、手帳やノートを華やかに彩《いろど》れるよう提案している。

売り上げはまずまずで、もう少し金色を使った文具の種類を増やして、デルアンオリジナルのシリーズを展開したほうがいいのか判断するために、隼人が視察に来たのだった。

だが、隼人としては、ゴールドの文具だけでは、まだインパクトが弱く、新しい何かを模索しないと厳しい気がしている。

今回の視察で何か得るものがあればいいが……。

律が支店長として頑張っているので、私情も入ってしまうが、できればブラッサムとしても目玉商品を用意したかった。

「広いフロアだな。壁にはマスキングテープの棚を作ったんだな」

「日本でも若い女性に人気だからね。こちらでもブームにならないかと思って、思い切って大きくレイアウトしてみたよ。あ……」

律がいきなりエントランスのほうを見て、すぐにリドワーンに声を掛けた。

「リドワーン、お義兄さんが……」

リドワーンは律の声に反応し、エントランスへと向かう。

「義兄上《あにうえ》、どうされたのですか？」

「今日は律の兄上が遠く日本からやってきたと聞いてな……」

どこか聞き覚えのある声に隼人の胸がひやりとした。

そんなはずはない。

そんなことあるはずがない——。

自分で自分に言い聞かせる。それでも心臓がどくどくと音を立て鼓膜を振動させた。

今まで彼に似た声を何度も耳にしたことがある。だがそれが本当に彼だったことは一度としてなかった。だから――、
だから、今日もそうだ。彼のはずがない――。

「兄さん、あちらにいらっしゃるのが、リドワーンの義兄上の、第二王子――」

「久しぶりだな、隼人」

律の紹介の途中に、男が声を掛けてきた。その声に隼人の躰《からだ》が震える。

「――カリム・ビン・サディアアマーハ・ハディル殿下。え？　兄さん、殿下と知り合いだったの？」

律が驚いたように問い掛けてきたが、隼人はそれに答える余裕がなかった。

目の前に現れたのは、八年前の夏の日、いきなり隼人の前から消えた男――カリムだったからだ。

そのカリムが八年前より大人の色香を纏《まと》って、笑みを浮かべる。

「以前とあまり変わらないな、隼人」

どういうことだ――？

彼が第二王子――？

訳がわからない。彼は父親と対立し、自分の居場所を探して家出をしていた青年だった

はずだ。王子だなんて、そんな莫迦《ばか》なことがあるはずない。

固まっていると、律がもう一度尋ねてきた。

「兄さん、カリム殿下と知り合いだったの？」

今度はどうにか答えることができた。

「いや、初めてお会いした。殿下、どなたかとお間違いかと思いますよ。隼人なんて名前、日本ではよくある名前ですから」

笑みを顔に張り付ける。この男を相手に、もう絶対動揺したくなかった。

「律、本社に連絡をするように言われているから、奥でパソコンを借りるよ」

「兄さん……」

律が何かを言いたそうだったが、隼人は気づかないふりをして、奥のスタッフルームへと逃げた。これ以上少しでもあの男の顔を見ていることができなかったのだ。

苦しい……。

もう八年も前のことなのに、彼の顔を見ただけで、当時受けた心の傷が疼《うず》いた。

隼人の身も心も弄《もてあそ》び、隼人の初めてを奪った途端、興味を失ったとばかりに、さっさとどこかへ姿を消してしまった酷《ひど》い男だ。覚えていたくもない。

「はぁ……」

大きく息を吐いて、心を落ち着かせる。スタッフに使用してもいいパソコンを借りようとしていると、すぐに律が後を追ってやってきた。

「兄さん、いえ、佐倉《さくら》室長、カリム殿下のことをご存じなんですね」

律がいきなりビジネスモードで尋ねてきた。プライベートモードでは隼人が口を割らないと思ったのだろう。

「知らないな。大体、デルアン王国に来たのは初めてだ。彼に会ったこともない」

「……確かにそうですね」

律は、カリムがかつて家出していたことを知らないようだった。

「カリム殿下に失礼がないように、簡単に殿下のことをお話ししておきますね。デルアン王国第二王子の殿下は、佐倉室長より一つ年上の現在三十歳で独身です」

独身――。

そんな言葉に反応してしまう自分自身に隼人は舌打ちしたくなった。

「現在は資源開発庁の長官でもいらっしゃいます。国政にも携わり、やり手の王子で、周囲からの人望も篤《あつ》く、リドワーンとも良好な関係です」

「そうか」

そうとしか言いようがない。隼人は興味のないふりをして、空いている席へと座った。

「あ、本社への連絡はこのパソコンを使ってくださればいいです。室長がこちらにいる間は、このデスクをお使いください」

「律……少し他人行儀すぎないか？　そりゃ本社では人の目もあるから、公私混同はしないよう気を付けているが、ここはデルアンだ。久々に会えたんだから、もう少し砕けた感じで、兄としては話してほしいぞ」

「ここは支店です。兄弟らしく接するのは、仕事が終わった後で」

律にきっぱり言われ、隼人は首を竦《すく》めた。律に弱いのは昔からだ。

「……はい」

「カリム殿下は我が社、ブラッサムのデルアン王国進出にはかかわっていない王子ですが、各所に力が及ぶことは間違いありませんので、失礼がないようにくれぐれもお願いします、佐倉室長」

念押しのように言われ、隼人は律を軽く睨《にら》んだ。どんなにカリムとは初対面だと言っても、やはり律には、そんな嘘《うそ》は通じないようだった。

「あと、一応こちらも耳に入れておきます。デルアン王国は現在隣国とリンの鉱石鉱山でトラブルがあり、カリム殿下はその渦中の王子でもあります」

「物騒だな」

「ええ」

律が相槌《あいづち》を打って、しばらく何かを思惟《しい》するような仕草を見せた。どうしたのだろうと、律の様子を窺《うかが》っていると、律が言葉を続けた。

「……なので、兄さん、巻き込まれないよう気を付けて」

あえて『兄さん』と口にしたことに、律の言葉の重みを感じた。

「カリム殿下とは、仕事上、関係ないんだろう？　なら、この先会うこともないから、大丈夫だと思うが、一応頭の片隅に置いておくよ」

「そうしてください。じゃあ、僕はフロアに出ていますから、佐倉室長はこちらでしばらくお待ちください。就業時間が過ぎたら、一緒に帰りましょう」

「ああ、よろしく頼む」

律が隼人の声ににこりと笑うと、そのままスタッフルームからフロアへと出ていった。

今日から二週間の予定で、隼人はリドワーンの宮殿で寝泊まりをすることになっていた。リドワーンの世話になるのは、気が進まないが、律とアミンと一緒に過ごせるという夢のような特典は、見過ごすことができなかったのだ。

隼人は律が呼びにくるまで仕事に専念することにした。本社にメールを送り、デルアン版のカタログを眺めていると、小さな影が視界を横切った。

「隼人おじさま」

アミンだった。隼人の膝《ひざ》に手を置いて見上げてくる。あまりの可愛さに顔が緩む。

「どうしたんだい？　アミン」

「ちちうえと、もうすぐ帰らないといけないの。でも隼人おじさまと、もう少しお話がしたかったからきたの。おじさま忙しい？　お話ししたらダメ？」

小首を傾《かし》げて尋ねてくるアミンに誰が駄目だなんて言えるだろうか。隼人は返事をする前に、大きく首を横に振っていた。

「嬉しいな。僕もアミンともっと話をしたかったよ。ここに座るかい？」

「うん」

隼人は隣の机から椅子《いす》を持ってきてアミンを座らせた。アミンは今年四歳になった、律の実の息子だ。いろいろあって、現在は第七王子のリドワーンと一緒に律はアミンを育てている。

「アミンは毎日楽しいかい？」

「うん、幼稚園にもたくさんおともだちがいるし、律ぱぱが去年から一緒にいてくれるから、毎日遊んでくれるの」

「そうか、よかったな」

「うん！」

アミンの満面の笑みに、隼人は幸せそうな三人を簡単に思い浮かべることができた。

律が幸せでよかった……。悲しいが、そろそろリドワーンとの仲を認めてやらないといけないな。律の喜ぶ顔も見たいし……。

実際は律の兄であるが、心は娘を嫁に出した父親のような気分だ。

「隼人おじさまも、ここに住んでほしい。いつもお話しできたら嬉しい」

「アミン……」

零《こぼ》れそうなほどの大きな瞳《ひとみ》で見上げられ、隼人の心は鷲摑《わしづか》みにされる。勢いで頷《うなず》きたくなるが、そうはいかなかった。あの男がいるなら、もう金輪際《こんりんざい》、ここへ来る気はない。

「日本に遊びにおいで。遊園地もたくさんあるし、水族館もあるぞ」

「ちちうえと律ぱぱも一緒？」

「ああ、一緒だ。皆で日本に遊びにおいで」

「行く。日本へ遊びに行く！」

「室長」

アミンと盛り上がっていると、また律がやってきた。

「ん？　どうした？」

「……リン鉱山の件で、トラブルに巻き込まれないようお伝えした後で、こんな話もなんですが……」

「こんな話？」

律の歯切れの悪さに隼人は首を傾げる。

「今日、うちに泊まるんじゃなくて、カリム殿下の宮殿に泊まることになりましたが、よろしいですか？」

た。

即答だ。だがその答えに、律の眉《まゆ》がぴくりと動いたかと思うと、淡々と律が話し始めた。

「でも、兄さん、本当はカリム殿下と昔馴染《むかしなじ》みなんだってね」

兄さん呼びからして、どうもこれはプライベートとして怒っているということだろう。それはそれで怖い。『室長』という立場が利用できない。

「し、知らないな、そんな話。大体、律、さっきまで巻き込まれないよう注意しろと、その口で言ったじゃないか。それが舌の根の乾かぬうちに、カリム殿下の宮殿に泊まれって、何を矛盾したことを言っているんだ」

真っ当な言い分で対抗すると、今度は律がうっと言葉を詰まらせた。しかし、そこは律だ。すぐに言い返してくる。

「確かにそうだけど、昔馴染みなら話は別だよ。昔、喧嘩《けんか》別《わか》れをしたって、今、殿下から聞いたよ。それで兄さんの誤解を解きたいから、デルアンに滞在中は殿下の宮殿に泊まってほしいって。それで兄さんが殿下と知り合いなんて、今まで聞いたことがなかったんだけど、どういうこと?」

「ど、どういうことって……」

たじたじだ。だが、隼人も責められるいわれはない。カリムは昔馴染みどころか、ひと

「却下」

夏のアバンチュールの関係だったし、身分も何も知らなかったのだ。

だが、そんな不純なことを律に正直に言えるはずもなく、ただ言葉を失うばかりだ。

「兄さん、僕にカリム殿下のことを内緒にしていたのはどうして？」

「内緒にしていたって、そういうつもりは……」

「律、私と隼人が昔仲違《なかたが》いをしたのは、私が身分を隠していたせいなんだ」

いきなり隼人と律の間に第三者の助けが入った。だが隼人はまったく助かったとは思えなかった。むしろさらに分が悪くなったようにしか思えない。

「カリム殿下……」

律がその男の名前を口にした。隼人は背後にいるだろうカリムの姿を見るのも嫌だった。

「隼人は、君にわざと内緒にしていたのではなく、リドワーンの義兄が私だということを知らなかったんだ。そういうことだから、あまり兄上を責めないでほしい」

「そうだったんですか……」

律もようやく納得したようで、ちらりと隼人に視線を向けてきた。何となく『殿下を許してあげたら？』と言っているような気がするが、無視をする。

「隼人、今さらだが、きちんと説明する。だから来い」

「……ここはスタッフルームです。関係者以外立ち入り禁止です」

意を決してカリムに振り返った。このまま背を向けていたら、かえって意識をしていると思われそうだからだ。真正面から堂々と対峙《たいじ》して、自分を捨てた男を見返してやりたかった。だが、そのときアミンが嬉しそうにカリムに声を掛けた。

「カリムでんか、ぼく、今度、隼人おじさまのところに遊びに行く約束をしたの。皆で日本へ行くの。カリムでんかも、おじさまと仲直りして、日本に一緒に行こうよ」

アミン――――!?

アミンの爆弾発言に、隼人の心臓が止まりそうになった。

「それはいいな、アミン。私も行っていいのか?」

「うん、でも喧嘩《けんか》はよくないから、おじさまと仲直りしてほしいの。ね、おじさま、それがいいよね」

よくない――――と叫びたいところだが、期待に満ちたアミンの瞳を見たら、そんなことはとても言えない。律にどうにかしてもらおうとしても、律もクスクス笑うばかりで、アミンの暴走を止める気配もなかった。

「では、アミンの言う通り、隼人と仲直りができるよう、今から話し合ってくるよ。アミンも隼人と仲直りができるよう、祈っててくれな」

「うん、大丈夫だよ。隼人おじさまは優しいから、カリムでんかのことをすぐに許してくれるよ」

「そうか。アミン、ありがとう」

カリムの視線が再び隼人に向けられる。八年前よりも彼の視線に熱を感じた。

「行こう、隼人」

腕を摑《つか》まれ、椅子から立たされる。

「申し訳ありませんが就業中ですので、また後にしていただけませんか？」

「兄さん、就業中といっても、兄さんの仕事は明日からだから、もう帰っても大丈夫だよ」

「律っ⁉」

思わぬ伏兵に困惑していると、カリムが幸いとばかりに話を続けてきた。

「それなら大丈夫だな。では律、騒がせてすまなかったな。あと、隼人の荷物は私の宮殿に運ばせるよう手配しておこう。いろいろと迷惑を掛けたな」

「いえ、こちらこそ兄がお世話になります」

「では、行こうか、隼人」

アミンや律の手前、これ以上抵抗するのも怪しまれる。隼人は仕方なくカリムの後について部屋から出たのだった。

ブラッサムの店を出ると、すぐ目の前に黒塗りのベンツが停《と》まっており、侍従のような男が後部座席のドアを開ける。隼人は観念して車へと乗り込んだ。カリムも乗ってきて、後部座席に二人並んで座る。すぐに車が動き出した。

「元気にやっていたか？　隼人」

「……あなたにそんなことを聞かれるほど、親しくはないと思いますが？」

カリムの声は、隼人を苛《いら》つかせる。

本当に、このまま彼の宮殿へ行き、そこに滞在することになってしまうんだろうか……。

憂鬱《ゆううつ》だ。

隼人はカリムを無視して、そのまま車窓からデルアンの王都デュアンを眺めた。近代的で欧米風なビルが立ち並ぶ。とてもここがアラブの一国だとは思えなかった。そしてこんなところで、カリムと出会うとはまったく予想していなかった。

「私のことを知らないと言ったときから、お前が私のことを忘れていない、まだ私のことを怒っているのだろうと、すぐにわかった」

その通りだ。そして彼の言葉から、いくら隼人がカリムを知らないと言っても、彼には通用しないことがわかった。仕方なく、彼の言葉を認める。

「――――君がデルアンの王子様だなんて知っていたら、律のことは絶対認めなかった」

カリムのことを認めたゆえの発言に、彼の片方の口端が上がったのがわかった。隼人が折れて、カリムとかつて交友があったことを認めたのが伝わったのだろう。

「どうしてだ？　リドワーンは、私の義弟の中でも、特に真面目《まじめ》な好青年だぞ？」

「親族に君がいる時点で、どんな好青年であろうがアウトだ」

きっぱり言ってやるが、何を言ってもカリムは口許《くちもと》に笑みを浮かべるばかりだ。

「お前に怒られるのは久しぶりだ。何とも心地よいものだな」

「マゾか」

「ふん、私のことをそんな風に言える人間は、今はお前くらいのものだな」

「それは失礼いたしました。殿下。以後は思っても、口に出すのを控えるようにさせていただきます」

慇懃《いんぎん》無礼《ぶれい》な態度で謝ると、彼が隼人の手首を摑んで引き寄せた。

「三度目の正直だ。一度目は国へ戻るためにお前を諦《あきら》め、二度目はお前の弟、律が私の義妹と結婚しても、お前に会うことを辞めた」

律は以前、デルアン王国の王女、アニーサと結婚して、僅《わず》か半年ほどで離婚した。その後、律はアニーサの弟で元々親友であったリドワーンと恋仲になり、今に至っている。

カリムは、律がアニーサ王女と結婚したときから隼人のことに気づいていたが、無視し続けたということだ。それはそれで隼人の心に小さな棘《とげ》が刺さる。

「――――なら、今回も会わなければよかっただろう。君も暇ではないようだし」

「そうだな。暇ではないな。だが、三度目だ。三度もお前と縁があるということは、もうこれは運命だとしか思えない。諦めるのが莫迦らしくなった。本能に従い、私の望み通りにお前を手に入れろというアッラーの思し召《おぼめ》しかもしれない」

「君の思い込みだから、アッラーを巻き込むな」

自分でも一国の王子に対してなんていう口の利き方だと思うが、もうやけっぱちだ。ついでに手首を摑んでいたカリムの手を振り払った。だが簡単に解けそうにもなかった。

「お前からこのデルアンにやってきたんだ。お前も運命に呼ばれたのさ」

「君がそんなロマンチックな思考の持ち主だとは、知らなかったな」

「ロマンチックさ。お前に関しては、この上なく美しい夢を見ている」

摑まれた手首を持ち上げられたかと思うと、そのまま唇を寄せられた。彼が触れた場所に熱が生まれる。隼人の眉間《みけん》に皺《しわ》が寄った。

「夢は儚《はかな》いからな。すぐに消えて泡になるさ」

「手厳しいな……」

カリムが苦笑し、やっと隼人の手首を解放してくれた。隼人は摑まれていた場所をそっと撫《な》でると、自分の思いを皮肉に混ぜて吐露した。

「ああ、僕も学習しているからな。甘い考えは捨てた」

その言葉にカリムは何も言わなかった。

◆　Ⅲ　◆

隼人《はやと》は翌朝、カリムの宮殿に用意された客室で目を覚ました。

昨日はあれから、八年間の空白が嘘《うそ》だったかのように、カリムは隼人に普通に接し、何事も強要されることなく過ごした。あまりにも普通で、どちらかというと、隼人のほうが肩透かしを食らったくらいだ。

まあ、それでいいんだけど……。

アヴィニョンでバカンスを過ごした八年前が、まるで昨日のことのように語られ、そしてカリムは懐かしがった。

今ならわかるが、あの頃、カリムは王子という立場に疑問を感じ、自分で何かを成し遂げようと足掻《あが》き苦しんでいたのだと思う。あんなにもギャルソン姿が似合う王子様なんて、そうそういないだろう。それだけ庶民の暮らしに憧《あこが》れ、溶け込もうとしていたのだ。

「カリム……」

一瞬、彼に同情しそうになり、隼人は慌てて首を横に振った。

「……そんなことで、絆《ほだ》されないけどな」

ゆっくりと起き上がる。出社までまだ余裕がある時間だった。カリムの使用人が会社まで送迎してくれるとのことで、至れり尽くせりだ。

隼人はスーツに着替えると部屋から出た。昨夜のうちに教えてもらっていた食堂まで行くと、米国式のブレックファーストがサーブされる。

カリムは既に王宮へ仕事に出ているとのことで、隼人は一人で朝食をとることになった。出来立てのオムレツなど、どれも隼人の味覚に合わせてあるのか美味《おい》しい。とりあえず出されたものを残さず食べていると、カリムの側近、ミドハトと名乗る青年がスマホを手にして声を掛けてきた。

「ミスター佐倉《さくら》、お食事中、失礼いたします。カリム殿下から至急とのことでお電話が入っております。出ていただいてもよろしいでしょうか」

「あ、はい」

差し出されたスマホを手に取り、通話に出た。

「もしもし、隼人ですが」

『隼人、昨夜遅くに、ブラッサムのデュアン支店に爆破予告が入った』

「えっ⁉」

物騒な話にスマホを落としそうになる。

『とりあえず、予告時間が過ぎても何もなかったし、軍に爆発物の確認をさせたが、それらしいものは見つからなかったから、悪戯《いたずら》電話だったようだ』

「はぁ～、良かった」

へなへなと躰《からだ》から力が抜け、テーブルに突っ伏す。

『ブラッサム周辺の警備を増やした。今は王都の中のどこよりも安全な場所になっているから安心しろ』

だからカリムは朝早くからいなかったのだと理解した。この事件でいろいろ動いてくれていたに違いない。

「ありがとう、カリム」

『いや、感謝はしないほうがいい。もしかしたら私が今かかわっているリン鉱山のトラブルに関係しているのかもしれないからな』

「え？　どうして君のトラブルがうちに関係しているんだ？」

『リドワーンだ。彼は私の義弟で、仲が良好であることは対外的にも知られている』

「それが……？」

『その義弟の甥《おい》を一緒に育てている、アニーサ王女の元夫である律《りつ》が支店長を務めるデュアン支店。私を精神的に追い詰めようとする場合、警備が手薄であるデュアン支店を狙《ねら》うのは、ある程度効果がある』

『だが、もしそうであっても心配するな。リン鉱山の件はそろそろ解決する予定だ。それに伴い、この悪戯電話の騒動も片が付くだろう』

「そんな……」

改めてカリムが危険なことに巻き込まれていることを知る。

「君も気を付けてくれ」

『……ありがとう』

彼を心配したことが恥ずかしくなり、隼人は慌てて話題を変えた。

「そうだ、あの、律は大丈夫なのか？」

『大丈夫だ。そろそろ出社しているのではないかな』

「そうか。僕も今から出社するよ。連絡ありがとう。君が大変なことに巻き込まれているのは聞いている。気を付けてくれ。じゃあ」

カリムの声が聞こえた気がしたが、電話を切る。彼を心配するようなことをまた口にしてしまった自分を猛省した。

こんな風だから、八年前、カリムに騙《だま》されたんだ。簡単に気を許したらだめだ。

隼人はスマホをミドハトに礼を言って返し、すぐに出社するべく準備に入った。

　会社へ顔を出すと、既に律は出社し、深夜から早朝に起きた爆破予告騒動の処理に追われていた。まだ他の社員が来ていなかったこともあって、隼人は兄として律に声を掛けた。

「律、話はカリムから聞いた。どうして悪戯電話があった時点で教えてくれなかったんだ」

「ごめんなさい。実害があったわけではなかったので、きちんと犯人がわかって、この一件が片付いてから連絡しようと思っていたのと、リドワーンのほうが動いていたから、僕も何もできなかったんだ」

　そういえば警備を増やしたようなことをカリムも言っていた。もしかしたら緘口令《かんこうれい》がしかれて、一般人が口出しできないようにされていたのかもしれない。

「そうか……。あと、犯人はもしかしたらリン鉱山の関係かもしれないと聞いたが」

「そういう話もあるけど……」

　律が少しだけ声のトーンを落とした。何かありそうで先を促した。

「あるけど？」

「……兄さんは昨日ここに着いたばかりだし、少し落ち着いてから、話そうと思っていたんだけど、実は小さな嫌がらせは、以前から時々あるんだ」

「嫌がらせ？」

初耳だ。

「ブラッサムのデルアン進出を快く思わない人間がいるんだ。もちろん、ここに出店するに際して、ある程度の嫌がらせは覚悟していた。王家がブラッサムに肩入れしていることは暗黙の了解で、王国中に知られているし、日本の文具が気軽に買えるといって、王家だけじゃなくセレブの御用達《ごようたし》にもなっている。どうしても面白く思わない人たちは出てきてしまうんだ」

「なるほど……」

律がかなりの覚悟をもって、ここで仕事をしていることを改めて知る。

「嫌がらせは酷《ひど》いのか？」

「あ、ううん。店の前に生ゴミを捨てられたり、中傷のビラをまかれたり。でもそれがブラッサムに対する嫉妬絡《しっとがら》みの嫌がらせだと、お客様もわかってくださっていて、大きな問題にはなっていない。それに、今回のことで警備を増やしたし、あと、リドワーンの話によると、王家に対する抗議と受け止めることにしたらしいよ。そうすることによって、加害者に厳しい処罰が与えられるから、抑制力になるんじゃないかって」

その話を聞き、王家の力に感謝するしかない。リドワーンへの態度をもう少し改めようと隼人は反省した。

「ならいいが。何かあったら相談してくれよ。お前一人がデルアンにいて、僕たち家族は、心配しているんだ」

「一人じゃないよ。リドワーンやアミン、そして友人がいっぱいいるよ」

律がそう言って幸せそうに笑った。それだけで隼人の胸は熱くなる。そしてもう弟離れをしないといけないと、自分に何度も言い聞かせた。

「そうだな、そうだったな。はぁ……兄としてはちょっと寂しいが、いいことだ」

「ありがとう、兄さんに認めてもらえて、僕はとても嬉《うれ》しいよ」

「律……」

ちょっと涙が出そうになったが、律はそんな隼人の気持ちに気づいていないようで、さっさと次の話に移った。

「それで、誰も出社していない今のうちに、兄さんにカリム殿下が関係しているリン鉱山のことを説明しておこうと思うんだ。知識として持っていてほしいから」

「……本当に私は最終日までカリム殿下の宮殿に泊まらないといけないのか？　律とアミンに会いたいのに。一緒に夜、おしゃべりするのを楽しみにしていたんだ……はぁ」

「う～ん。それに関しては、リドワーンにも相談してみるよ。リドワーンも、兄さんがアミンや僕に会いたがっていることを知っているから、心配しているんだ」

悔しいがますますリドワーンの株が上がってしまう。できた義弟というところだろうか。

「リドワーンもリン鉱山のトラブルはもうすぐ解決するって言っていたけど、それでも心配だから、話しておこうと思って……」

「うん、頼む」

「実は――」

律の話からすると、デルアン王国と隣国オルジェ王国との国境沿いに、二年前、国内初のリン鉱石の鉱床が発見されたらしい。

その一年後、オルジェの第四王女である晴希《はるき》とデルアンの第五王子のアルディーンの結婚を祝して、二国でリン鉱石採掘の合弁会社を創設したとのことだった。両国から責任者を選出し、収益もお互い公平に配分して、これからも上手《うま》く運営していくはずだった。

ところが、最近、デルアン王国側の責任者のリコール運動が勃発《ぼっぱつ》した。

デルアン王国側の責任者、ディヤーが職権を乱用し、自分に逆らう従業員を不当に解雇し、さらに利益の一部を横領して、私腹を肥やしているというのが理由だ。

資源開発庁長官でもあるカリムは、デルアン王国側の機関のトップでもあったので、このディヤーという男を詰問することになった。だが、いざ話を聞いてみると、根も葉もない噂《うわさ》だと当人は否定する。そしてさらにこれはオルジェ王国側の責任者、ウスマーンの陰謀だと告げてきたのだ。

そうしているうちに、ディヤーへのリコール運動自体が、でっち上げであったという証拠が出てくる。リコールを求めた署名のほとんどが偽造で、偽造した犯人もすぐに捕まった。そしてその犯人は、警察の尋問で、オルジェ側の責任者、ウスマーンに頼まれたと白状したのだ。

そんな経過で、今、元従業員を探し証言を取ったり、ディヤーの横領の証拠などを捜査する傍ら、ウスマーンへの捜査も始まっていた。だが、証拠を握っているだろうと思われる元従業員が行方不明だったりと、捜査は難航しているらしい。

そして捜査を中止しないと宣言したカリム自身にもこれ以上捜査はするな、という匿名の手紙が届いたりしているとのことだった。

「だから爆破予告がうちの会社に来たときは、カリム殿下への圧力の一つかもしれないっていう話が上がったんだ。まあ、王族、しかも『星継《ほしつぐ》の剣』を持つ王子にそんなことをしたら、極刑の可能性もあるから、僕は、ただのブラッサムに対する嫌がらせだと思ってる。リドワーンも同じ意見で、だからこそブラッサムへの嫌がらせの線で動いてくれている」

「そうだったのか……」

大体の内容を把握したと同時に、律には自分の助けはいらないほど、多くの人間に守られていることを知って、それはそれでまた寂しく思ってしまう。本当に今回の出張を機会に、弟離れをしないといけない。

「それで、兄さん、カリム殿下とは、どういう知り合いなの？　殿下へのあの口の利き方といい、普通ではあり得ないんだけど」

律がここぞとばかりに聞いてくる。

「え？　いや、ただの昔馴染《むかしなじ》みだ。ほら、ロンドンに留学していたときに会ったのさ」

「それ、僕とリドワーンの話じゃないか」

隼人の答えに不満そうに返すので、もう少し言葉を足した。

「いや、本当だ。ほら、僕が南仏に旅行へ出掛けたのを覚えているか？　友人が骨折して急遽《きゅうきょ》、お前に一緒にバカンスに来ないかって連絡したら、あっさり断ったやつ」

「あ！　ああ、あったね。そんなこと。あのとき、カリム殿下と出会ったの？」

「そういうことだ」

「そうだったんだ……。でも、余程気が合ったんだね。カリム殿下があんなに親しげに、しかも強引に声を掛けるなんてこと、あまりないんだよ。第一王子と第二王子は既に国政にかかわっていて、ある意味、すっごい上の人というイメージなんだ。他の王子とはまた立場が全然違うし。だから兄さんにあんなに親しく、しかも自分の宮殿に滞在させるって聞いたときは、びっくりしたよ。カリム殿下とそんなに親しかったなんて知らなかったから」

疚《やま》しい気持ちが隼人にあるせいか、律の言葉にいちいちどきどきする。もしかして、深い関係だったことが律にばれてしまったのではないかと冷や冷やしてしまうのだ。

「はは、そうなのか？　いや、今のカリムはそうかもしれないが、私が会ったときのカリムはカフェのギャルソンで、話の合う男だったから、お互い、あのときのままで話ができるのかもしれないな」

　などと言い繕うが、実際は、現在はできれば会いたくない男なので、律に親しいと思われるのは不本意であったが、仕方がない。

「あ、そうだ。このブラッサムのデルアン王国出店に関して、お世話になったコーディネーターの須賀崎慧《すがさきけい》さんだけど……」

「ああ、須賀崎さんには一度お礼が言いたかったんだ。会えるのか？」

　彼がブラッサムの本社に送ってきてくれた報告書はかなりの精度で仕上がっており、さすがはアメリカを拠点とする大手ゼネコンのコーディネーターとして働いていただけのことはあると、社内でも噂になった青年だった。

「う～ん、それが今、新婚旅行中なんだ。先日イギリスで結婚式を挙げたんだけど、たぶん兄さんが帰るまでには、一旦《いったん》デルアンに帰ってくると思う」

「結婚されたのか」

　それは知らなかった。あとでブラッサムからお祝いの品を届けるよう手配しなくては、と頭の中で算段する。

「僕の口からあまり詳しくは言えないんだけど、以前からほとんど夫婦同然の生活をしていたのを、きちんとけじめをつけたいって、相手の方に言われて今回結婚に至ったみたいだよ。慧は僕の大切な友人の一人なんだ。だから本当に嬉しいサプライズだった」

「なるほど、律もデルアンで頼もしい友人ができたようで、兄さんも一安心だ」

「そうやってすぐ子供扱いするんだから」

律がじろりと睨《にら》むが、隼人はその可愛《かわい》さにプッと噴き出した。すると律もつられて笑う。爆破予告の悪戯電話があって大変だったが、律が意外と逞《たくま》しく、こうやって笑顔で話せる度量があることに、隼人は安堵《あんど》すると同時に律の成長を目の当たりにした気がした。

「じゃあ、そろそろ社員が来るから、仕事に戻るね」

「ああ、あと昼から営業に同行する件、頼むな」

「あまりお客さんとの会話に口出ししないでくださいね、佐倉室長」

釘を刺されてしまい隼人は苦笑する。昼からは律の営業に連れていってもらうことになっているのだが、どうやら律の隣で頷《うなず》くだけの役目になりそうだ。

それはそれで律の手腕を横から見学することができるので、隼人も楽しみである。にやにやしていると、律が軽く会釈をして隼人から離れていった。

「修一郎《しゅういちろう》兄さんにも、デュアン支店のトラブルの件や律の様子を伝えておくか……」

隼人はそのままオンラインを使って、修一郎に連絡を取った。

パソコンの画面上の長兄、修一郎は、デュアン支店のトラブルを聞いた途端、親バカならぬ弟バカを発揮して、あたふたしたが、とりあえず律はしっかりやっているということと、嫌がらせもどうにか解決しそうだということを伝えると、安堵の表情を見せた。

自分も含め、二人とも、本当に律離れをしていないと改めて感じる。

「隼人、お前は二週間くらいで帰国する予定なんだよな」

「ああ、まずはデルアンでのオリジナルシリーズの企画を具体的に提案していいか見極めるつもりだよ」

現在、デルアンで売り上げが好調な『ゴールドシリーズ』というのも、既存の文具の中で色がゴールドのものを抜き出して集めたというだけであって、オリジナルデザインではない。そのためネーミングも『ゴールドシリーズ』という適当感を拭《ぬぐ》えないものになっていた。

「律が支店長を任されて、初の大きなプロジェクトだ。隼人、お前も協力して、できるだけ前向きに検討してやってくれ。ああ、もちろん駄目だったら、駄目だとしっかり伝えてやれよ」

「オリジナルが無理でも、金箔《きんぱく》を使った商品などを増やしてもいいかなとは思っているよ。まあ、日本でまずは職人探しからしないといけないいけどね」

「そちらはツテを当たってみる。お前と律はくれぐれもトラブルに巻き込まれるなよ」

「ああ、気を付けるよ。じゃあ、また連絡する」

隼人は通信を切ると、大きく伸びをした。

デルアンでのオリジナルブランドの発売は前向きに考えたい。だがここへ来たときから感じていたことだが、金色というコンセプトだけでは物足りない気がした。

何か新しいものを考えないと――。

隼人はキーボードを忙《せわ》しなく叩《たた》き始めた。


ランチを終えると、隼人は律とともにデルアン最大級のショッピングモールへと出掛けた。ブラッサムの文具をショッピングモールに置いてもらえるよう交渉しているのだ。

隼人も今回、デルアンオリジナルのブランドを展開するにあたって、現地の人の好みの傾向を自分の目で確認しておきたかったので、その営業に同行した。

文具を置いてくれるかどうかは、検討待ちになったが、人気ショッピングモールの品揃《しなぞろ》えや年齢層などをチェックすることができて、隼人にとっては大きな収穫であった。

律から報告はあったが、それでも思った以上に可愛い系というよりは、セクシー系のデザインのほうが人気も高いことを知って、勉強になった。日本とはやはり好みがまったく違う。そして質が良くて美しいものであれば、価格が多少上がっても購買意欲がそがれることはないようだった。

それにデルアンは、かなり日本式スイーツブームに沸いていた。日本からチェーン店が幾つか進出しているのだ。中には日本の会社だけでなく、デルアンの王族が立ち上げた日本のスイーツの店などがあり、どこも繁盛している。

どうやら日本のアニメが人気で、そこから日本の食べ物やスイーツが国民に浸透しているらしいとのことだった。そういうことで、文具も日本製であったり、アニメとのコラボだったりすると、売り上げもポンと上がるようだ。

「律の提案通り、ゴールドシリーズにもっと金箔を使って、本物の質感を出してもいいかもな。ただ金箔は繊細だから、再考の必要はあるが……」

「漆《うるし》を使って黒とのコントラストでゴールドをもっと目立たせてもいいかもね」

「そうだな。日本らしい商品も人気が出そうだ」

「日本の商品のイメージは、デルアン国内でもかなりいいから『日本の伝統』みたいなものを前面に出しても、それはそれでいいかもしれない」

仕事絡みの会話でも、律とずっと話すことができて、隼人の『律欠乏症』もかなり回復した。やはり律離れができていない長兄の修一郎が羨《うらや》ましがる姿が目に浮かぶようだ。

隼人は優越感に浸りながら、終始、楽しく律と仕事をし、夕方には社に戻ってきた。

「支店長、夕飯どこかで一緒にとらないか？」

「駄目ですよ、室長。僕もアミンが待っていますし、室長もカリム殿下からの迎えがくるはずですから、急に私用を入れたりはできませんよ」

「いや、まだ今なら迎えを断ることができる時間だし……」

「室長」

律がにっこりと笑うが、目が『いい加減にしなさい。往生際《おうじょうぎわ》が悪い』と語っているのが丸わかりだ。隼人が少しでもカリムとの時間を避けようとしているのがばれているのだ。

「……はい」

仕方なしに隼人は終業の時刻まで仕事を進めたのだった。


残業という文化は皆無のデルアン王国では、就業時間が終わると、すぐさま皆が帰っていく。隼人もここでは例外なく時間通りに仕事を切り上げて、迎えにきた車でカリムの宮殿へと戻ってきた。

宮殿で用意されたアラビアの民族衣装を着て、今日、ショッピングモールで得た情報を纏《まと》めていると、ドアをノックされた。返事をすると使用人がドアから顔を覗《のぞ》かせる。

「隼人様、広間でカリム殿下がお待ちです。ブラッサムへの悪戯電話の件でお話があるそうです」

「悪戯電話の件で？」

「はい、第七王子リドワーン殿下と、第五王子カフィール殿下もいらっしゃいます」

第五王子、カフィールというのは、律たちが言うアルディーンと呼ばれている王子のことだ。一年前、隣国、オルジェ王国の王女との結婚を祝い、今回、問題が起きているリン鉱山の会社を設立したので、一応関係者ということになるのだろうか。

カリムがデルアン王国の王子であったことを知ったばかりなのに、いきなり王子三人に囲まれるという、普通はあり得ない状況に、さすがの隼人も怯《ひる》んだ。

リドワーンは律の、は……は、伴侶《はんりょ》だしっ！

こんなときにリドワーンを伴侶と認めるのは、タイミングが間違っている気がするが、仕方ない。もう認めるしかなかった。そうでないと隼人の心臓がもたない。

これがすべて、隼人が二人を認めるための仕組まれた作戦なら、見事だとしか言いようがなかった。相手側の参謀に拍手喝采《はくしゅかっさい》だ。

隼人は怯む心を励ましながら、使用人と一緒に広間へと向かった。

広間では、アラビアの民族衣装に身を固めた男性が三人、テーブルを囲んで話していた。カリムとリドワーンは知っているので、見知らぬ顔の青年がカフィール殿下だろう。

「隼人、わざわざすまないな。こちらへ。アルディーン、彼が律の兄上の隼人だ」

隼人は慌ててアルディーンと紹介されたカフィールに頭を下げた。

「初めまして。ブラッサムの本社で企画室長をしております、佐倉隼人と申します」

「カフィールだ。律の兄上なら、私のことをアルディーンと呼んでくれて構わない。親しい人間には、そう呼ばせている」

「は、はい。アルディーン殿下」

思わず緊張して声を出すと、カリムがプッと息を吐いて笑った。

「隼人の態度、私のときとはまったく違うな。妬《や》けるぞ、アルディーン」

アルディーンに声を掛けると、彼もまた困ったように返答する。

「はぁ……、兄上、からかわないでください」

カリムは、アルディーンの反応に軽く笑って再び隼人に視線を戻した。

「アルディーンは同母の弟なんだ。それゆえに私に似ているところがあるから、隼人が惚《ほ》れてしまうと困る」

「似ているところがあるから、というくだりはいりません」

「ははっ、手厳しいな」

デルアン王国は一夫多妻制で、国王には数人の王妃がいたはずだが、その中でもアルディーンとカリムは同腹の兄弟ということらしい。

「さて、ブラッサムへの爆破予告の悪戯電話も含めて、リン鉱山のトラブルの件を話し合っている。隼人も席に着いてくれ」

　隼人はカリムに促されるまま、席へと着いた。すると既に話が進んでいたらしく、リドワーンが続きとばかりに話し出した。

「こちらの責任者を陥れてリコールしようとしたオルジェ側の責任者を、早々に更迭《こうてつ》して、この件を片付けたら、自《おの》ずと爆破予告の犯人が絞られてくると思います」

　リドワーンの意見にアルディーンが軽く頷く。

「そうだな。リン鉱山の件で兄上に圧力を掛けるための一手なのか、それとも本当にブラッサムへの営業妨害なのかがわかるな」

「いや、私はこの件は残念だが、我が国の責任者ディヤーが怪しいと踏んでいる」

　カリムの声に隼人は顔を上げた。自分の国の人間を疑うことに驚きを覚えたのだ。他の二人の王子も同様だったらしい。カリムに視線を向けていた。

「義兄上、ディヤーをリコール運動で失脚させようとしたのは、オルジェ王国側です。そのリコール運動の署名に違反があったのは、既に警察でも把握している。オルジェ王国側の策略ではないのですか？」

　リドワーンが尋ねると、カリムが『そうだな……』と呟《つぶや》き、説明を始めた。

「だが、あまりにも杜撰《ずさん》すぎるのが引っ掛かる。リコールの署名運動をして、その署名が簡単に偽造だとわかるようにしてあるのが、どうも腑《ふ》に落ちない。まるで捕まえてくださいと言わんばかりだ。この程度の仕掛けで、本当に相手側をリコールさせられるだろうか。そんなこともわからないような男が、オルジェ王国側の責任者になっているとは思えんな」

カリムの言葉にアルディーンが続いた。

「晴希の話だと、責任者のウスマーンは、オルジェ王国の女性と結婚してからオルジェ王国の国籍を得た男で、元々は外国籍の庶民の出身らしい。そのため何事も公平に判断するので、上から煙たがられることもあると教えてくれた」

「なるほど……。さすがは晴希だな。結婚してもなお、情報通だな、アルディーン」

「それが私の心配の種だ。正義感が強くて、すぐに危ないことに首を突っ込む。今回のことも、ウスマーンは署名を偽造する男ではないと言い張って、今にもオルジェ王国に出掛けそうで、目が離せない」

晴希という妃《きさき》は、かなり行動派のようだ。しかも名前が少し日本人風で、男性っぽいのも隼人の興味を引く。

「とりあえず、署名を偽造したという男の取り調べを理人《りひと》にお願いしている。元FBIだ。彼の腕に期待している」

「元FBI……」

思わず呟いてしまった。FBIなんてドラマでしか見たことがない。そんな隼人の呟きがカリムに聞こえたようで、説明を足してくれた。

「ああ、理人は日系人で、今はデルアン王立陸軍の精鋭部隊に所属している青年なんだ。隼人も会う機会があるかもしれないな」

「日系人……デルアン王国って、日本人や日系人が多いんだ」

隼人の声にカリムを含め三人の王子がお互いに顔を見合わせて意味ありげに笑う。隼人は意味がわからなかった。するとアルディーンが小さく咳払《せきばら》いをして口を開く。

「私と晴希の結婚を祝して設立された会社であるから、そこで横領等の不正が行われていると聞いて、晴希も心を痛めていた。晴希を傷つけたからには、私もその男を許すわけにはいかない。ディヤーとウスマーン、どちらが正しいことを言っているのか、しっかりと調査しないとならないな」

隼人も滞在予定は二週間だが、律を不安にさせる要因はできるだけ取り除いてから帰国したい。そのためにも、この件は早く解決してもらいたかった。

「明日、明後日《あさって》には大体わかるはずだ。私もそれなりに罠《わな》を仕掛け……いや、手はずを整えておいたからな、フッ」

「兄上のその笑みは本当に怖い」

「アルディーン、お前に言われる筋合いはないと思うぞ？」

カリムが楽しそうに弟に話し掛ける。八年前、王子という立場を捨てようとしていた彼を知っている隼人としては、彼がこの国に居場所を見つけたことに、安堵を覚えた。

カリムがカリムとして生きていけてよかった……。

ひと夏で捨てられたが、彼がここに戻るためのステップだったのかもしれないと思うことにしよう。そうすれば自分も少しは気持ちが整理できるような気がした。

終わった恋に、いつまでも引きずられ、怒りさえ覚えているのは建設的ではないし、自分の精神衛生上もよくない。

気持ちを切り替えよう。そうすれば、新しい未来がやってくる――。

楽しそうに話すカリムを目にしながら、隼人が自分の気持ちに『けり』をつけようとしていると、彼と目が合った。

「ああ、そうだ。隼人、明日はせっかくだから、王都の観光をしよう」

「は？」

突然のことに頭がついていかない。反応できずにいると、カリムが畳みかけてきた。

「明日の昼から、時間が空いたんだ」

「いや、僕は……」

二人で観光なんて、そんな息苦しいことは絶対に避けたい。どうにか断ろうとするが、カリムのほうが一枚上手だった。

「律には既に了承を得ている。律も仕事が忙しいからお前を観光に連れていけなくて申し訳ないと思っていたようだな」

「いいえ、僕には仕事がありますし」

「律に確認したら、ここに滞在している間は基本的に、お前には急ぎの仕事はないということだったが？　デルアンの街へ出て、国民の嗜好《しこう》などを調査するのなら、観光をするのはちょうどいいだろう？」

「は……はぁ……」

「律も私たちがいつまでも仲違《なかたが》いしていることを非常に気にしてくれていたぞ？」

「う……」

完璧《かんぺき》に外堀を埋められている。

律……もしかして僕とカリムの仲を勘違いしていないか？　いや、そうじゃないとしても、僕たち二人の仲を修復しようと画策している気がするぞ、律！

この場にいない律に、心の中でしか文句が言えない隼人であった。


翌日の昼過ぎ、さりげなくカリムと一緒に出掛けるのに抵抗したが、律にも『王都の様子を見るのも大切だよ』と言われて逃げ場を失い、会社まで迎えにきたカリムと一緒に、仕方なく王都の観光へ出掛けた。

第二王子なのだから、運転手付きの豪華な車にSPがぞろぞろついてくるかと思ったら、車はなんと、カリム自身が運転していた。SPは立場上、どうしてもついてくるが、それでも別の車で後方に控えている。

「気になるなら、後ろのSPを撒《ま》こうか？」

隼人がちらちらとバックミラーで後方のSPたちの乗った車を確認していたら、カリムがまるで悪戯を仕掛けるかのように、楽しそうに提案してきた。

「やめてくれ。君は今、リン鉱山のトラブルに巻き込まれているんだろう？　もし何かあっても、僕は対処できないからな。SPを撒くなんて、そんな恐ろしいことはするな」

「つまらないな。隼人と二人で過ごすのはアヴィニョン以来だというのにな」

隼人の躰がぴくりと動いてしまう。隼人にとってアヴィニョンの記憶は辛《つら》い過去の一つだというのに、カリムにとっては違ったようだった。気軽に南仏のバカンスについて口に出すようなことなど、未《いま》だ隼人にはできない。

「時間があったら、オルジェ王国との国境にあるリン鉱山を見せたかったな」

「デルアン王国は石油だけじゃなくリンも出るんだな」

デルアン王国は脱石油を目指して、空港や港、道路などのインフラを整備し、近代化をいち早く成功させた国である。外資を誘致するために経済特区を設けているので、世界中から企業がこの国に進出してきていた。

今や石油だけでなく、建築、観光、貿易、製造、金融など多種多様な産業がこの国を支えていた。

カリムは資源開発庁長官だ。脱石油を掲げ、新しい資源の可能性を探り、日夜、国のために働いていると聞いている。リン鉱山も石油に代わる大きな収入源になるのだろう。

「ああ、リンが産出できたのは奇跡に近い」

「奇跡？」

「この辺りでは、リンはこの鉱山にしかない。世界的に見ても大変貴重なものだ」

「そんなに貴重なものなんだ。あまり鉱石のことに詳しくないから知らなかったよ」

王都の中心地へと向かっているようだ。カリムは慣れた様子で車を運転していた。きっと自分でいつも運転をしているのだろう。

隼人が知らないカリムを、この地ではたくさん知ることができる。

「リンは肥料に使われるから農業生産にとってはなくてはならないものなんだ。だがリンは産出国もあまりなければ、鉱山があってもその産出量も少ない。そのため、リンが枯渇すると、世界が食糧難になるとまで言われている重要な鉱石だ」

「食糧難……それはまた物騒な話なんだな。だがそんなに貴重なリン鉱石が発見されて、石油だって、まだまだ稼ぎ頭だろう？　デルアン王国は安泰じゃないか」

デルアンが裕福な国であることは、一目見ただけでわかる。街中が金で溢《あふ》れていると言っても過言ではない。人々は裕福で、そのため使う金額も半端ではなかった。

「リンは十年くらい前に確かに高騰して、かなりの利益を得た鉱石だったが、今の価格は比較的安値で安定しているから、さほど利益は出ていないな」

さほど、と言っても、きっと、とんでもなく利益はあるのだろう。

「デルアンは脱石油を目指していると聞いていたけど、その中心で君が活躍していたとは思ってもいなかったよ。改めて知って、凄《すご》いなって純粋に驚いたよ」

つい褒めてしまったが、別に他意はないからと自分で言い訳しながら、恥ずかしまぎれに車窓に目を遣《や》る。日差しの強い砂漠の国、デルアン王国の空は砂嵐《すなあらし》の影響か、少し黄みがかっていた。

「脱石油は、世界中が石油から脱却しようとしているからというのもあるが、石油の枯渇も見えてきているからだ。リン鉱石もそうだが、資源には限りがある。枯渇する前に新しい資源を模索し、それを商売取引ができるベースにもっていかないと国が衰退する。裕福だった国が衰退したら、次はどんな問題が起こるか知っているか?」

カリムに問い掛けられ、車窓から運転席に座る彼に視線を戻す。

「どんな問題って……何だろう」

国単位で物事を考えたことなどない隼人にとって、それは予想もつかなかった。するとカリムが口を開く。

「病気だ。贅沢《ぜいたく》に慣れ切った躰は、生活習慣病の温床となっている。金があるうちはそれなりの治療も受けられるだろう。だが貧困になれば治療も投薬も無理だ。働くこともできないから経済を立て直すこともできない。最後は、国は衰退の一途を辿《たど》るしかなくなる。そうしたら国は荒れ、戦争が起きるだろう。そうならないためにも、特定の資源に頼り切る体制は捨てるしかない」

こうやって国民や国のことを考える彼が、八年前、王子としての役割を嫌っていたとは信じられない。今のカリムはきっと多くの人に認められているのだろう。

「今の君はあの頃とは違って、しっかり未来を見据えて前に進んでいるんだな」

そう言いながら、隼人はなんとなく寂しさを覚えた。この八年間の彼が成長していく姿が見られなかったからだ。一国の王子の傍《そば》にいることなど無理な話だとわかっているが、それでも彼の頑張りようを、近くで見たかったと思う自分がいた。

「やっぱり君は凄いよ……」

「……お前が自分で居場所を作ればいいって教えてくれたからだ。それまで私は居場所というものは、人から用意されるものだと思っていた。だからいつまでも自分だけに用意された居場所がないと燻《くすぶ》っていた。本当は自分で自分ができることを探し、居場所を作ることが必要なのにな。それを教えてくれたのはお前だ。お前が教えてくれたから、私はここにいる――」

「カリム……」

胸が締め付けられる。自分の何気ない言葉がカリムを支えたのかという嬉しさ半分、それで自分はあのアヴィニョンで置き去りのような形にされてしまったのかという悲しみが半分――。

それはひと夏の恋だったとしても、隼人が本気でカリムのことを好きだった証拠であり、実際八年経《た》った今も、あのときの恋情が込み上げてくる。

厄介だ――。

結局今でも好きなのだ。あんなに忘れようとして、そして忘れていたはずの男だったのに、会ってしまえば、また恋に落ちてしまう。この上もなく厄介だった。

「お前は私を許してくれないかもしれないが、私はお前をずっと愛している」

突然の告白に反射的にカリムを見つめた。運悪く信号で車が停車してしまったので、こちらを向いた彼と視線が合う。

「今すぐに私を受け入れることは無理だとしても、私にチャンスを与えてくれ」

「チャ、チャンスって……何を。君は第二王子だろう。しかも国政の一部を任されているとも聞いている。僕とどうなろうと思っているんだ」

またひと時のアバンチュールの相手か――。

「一緒にこの先を歩きたいと思っている。私にはお前が必要だ」

「っ……」

「お前が常識的な男だとは知っている。男の伴侶など考えられないかもしれない」

そんなことはない。いや、カリムが相手なら性別など関係ないと、今も昔も思っていた。だが、彼の身分や立場を考えたら、そんなに簡単なことではない。第七王子のリドワーンの伴侶となった律のときも大変だったが、第二王子となると、もう国を巻き込んでの大ごとになるのは目に見えていた。

隼人は首を縦にも横にも振ることができない。ただただ固まったままだ。その隼人の様子をカリムはどう受け取ったのか、小さく笑い、そして青信号と共に車の運転に戻った。

「いい、だから言っただろう？　今すぐに私を受け入れることは無理だとしても、私にチャンスを与えてくれ、と」

その言葉に隼人は何も答えることができなかった。


車の窓を開けると潮の香りがした。王都の中心街へ向かっているかと思っていた車は、そのまま中心を通り過ぎ、海岸沿いへと出る。

真っ青な水平線を目にしながら、車を走らせた。海には人工の島が幾つも浮かんでいた。どれも世界の名だたるセレブが持つものらしい。

一時間ほど走ると、車が停《と》まった。同時に二百メートルほど後ろからついてきたSPの車も距離を保ったまま停まる。

隼人が後ろを気にしているのに気づいたのか、カリムが声を掛けてきた。

「気にするな、もうあれは影のようなものだ。どこへ行ってもついてくる。私も彼らから逃げようとしたこともあったが、八年前も逃げることができなかったのは、お前も知っているだろう?」

「雨の夜、君を追っていた男たちは、SPだったのか……」

カリムがその問いを肯定するかのように小さく笑う。

「降りよう」

カリムの声に、隼人は車から降りた。

目の前には海が広がっていた。規則正しく寄せて返す波の音が隼人の鼓膜を擽《くすぐ》る。潮風が心地よくて目を瞑《つぶ》った。

「ここはデルアンの遺跡……といっても南仏で一緒に観《み》たローマ帝国のものに比べたら、新しい建造物ばかりだが、古い砦《とりで》が残っている地域なんだ」

「砦?」

「ああ、こちらだ」

カリムがゆっくりと前を歩く。隼人は彼の後を追った。小さな砂丘を一つ越えると、円柱形の古い砦が見えた。もう使われていないようで、周囲には柵《さく》がある。少し向こうのほうを見ると、また砦があるのが見えた。いや、それだけではなかった。海岸に沿って、幾つもの砦が点々と見える。

「たくさんあるんだな」

「どこから襲撃されても迎撃できるように、多くの砦が造られた」

「襲撃？」

「ああ、五十年くらい前までは、海賊がこの海を支配していて、船だけでなく、この辺りにあった港町もよく襲われていたのさ。砦はいち早く海賊が来るのを見つけ、そして襲撃に備えるものだった。もちろん今は使われていない。以前は倒壊したら危険なため、解体する話もあったが、観光スポットの一つにできるかもしれないという話が出て、残すことになった遺跡群だ」

遺跡――。脳裏に南仏のバカンスが過り、隼人の胸を切なく疼《うず》かせた。八年も昔のことなのに、昨日のことのようにはっきりと思い出せる自分にも嫌気が差す。

捨てられたのに。この男は、隼人の心を奪った途端、簡単に捨てて消えたのだ。

愛していると言われたが、また彼は黙って隼人を捨てるかもしれない。

もう、騙されたくない――。

あの悲しみは忘れられないし、思い出すだけでも苦しかった。だがそんなことをカリムには知られたくない。知られるなんて隼人のプライドが許さなかった。

なんでもなかったかのような顔をし続けてやること――。それが最後の意地だった。

「もう少し整備しないと、観光客は呼べないと思うよ」

「そうだな、風化も激しい。少し手を加えないと一般公開も危ういか」

カリムの真っ白なアラブの民族衣装が海風に晒《さら》され、柔らかなカーブを描いて揺れる。青い海と少し黄みがかった砂に、白の衣装が映《は》え、カリムの男ぶりがますます目立った。

見惚《みと》れそうになり、隼人は視線を逸《そ》らす。するとカリムが言葉を続けた。

「お前と南仏を旅行したとき、古代ローマ帝国の遺跡が整備され、観光スポットとして確立されているのを見た。あそこまで整備し、そして管理するのは大変なことだ。だが、我が国も一大観光スポットとして、この遺跡群を整備し守り立てていきたいと思っている」

「ローマ帝国よりもかなり新しいし、やれるんじゃないか？　でも新しすぎる気もするけど、そこはどうなのかな。観光客を呼ぶには遺跡というよりは、文化遺産という感じがするけど……」

「ああ、それが悩みの種だ。残念だが我が国には古い建造物がない。元々遊牧民だったからな。建築技術は発達していなかった」

「遊牧民かぁ……。農耕民族の日本人としては、多少憧れるところがあるけど。テーマパークみたいなものはないのか？　一日、昔のデルアン王国を満喫できるような。日本だ

と太秦《うずまさ》映画村とかあるんだけど。この砦もそういうのだったら、使えるかも。あ、でも、少し豪華なのがいいな。王族ライフを体験するみたいな、アラブっぽいものがいい」

せっかく本場のアラブに来たのなら、誰もが体験してみたいのが王族ライフだと思う。

だが、カリムはそう思っていなかったようで、感心したように頷いた。

「なるほど、面白い発想だな。そうだな、テーマパークはあるが、『海』をテーマにしていて、マリンスポーツができるようになっている。だが、アラブっぽくはないな。王族らしい体験をするのは、既にある。砂漠に高級なホテルが幾つかあるんだが、そこに泊まれば、王族のような扱いを受けられるぞ」

「って、本物の王族の人に言われても、なんかなぁ……」

「はは、確かに。だが、砂漠のホテルは本当に豪華で、それこそ雲の上の住人のような扱いをしてもらえる」

ちょっと想像してみたが、セクシーな衣装を着た美女が、寝そべっている隼人に大きな扇で風を送ってくれる様子しか思い浮かばない。我ながら貧困な想像力で悲しくなるが、日頃の憂《う》さを晴らすには、それでも充分なサービスだと思った。

「いいなぁ……あ、あとバスタブがあると最高。なんちゃってじゃなくて、しっかりしたバスタブな」

「お望みとあらば、理想のバスタブを作らせよう」

「さすが、アラブの王子様は言うことが違うな」

「日本のサラリーマンが、バスタブが好きと言うのなら、観光立国も目指す我が国としては、リクエストはしっかり聞かないとな。儲《もう》けさせてもらうさ」

「なっ、寂しいサラリーマンの懐《ふところ》を狙うな」

「ははっ」

まるで八年前のようにカリムと気軽に話せる。悔しいが、結局は気が合うのだ。気が合うから彼と一緒にいるのが楽しかった。

「今回のリン鉱山の件といい、君が困っていたり、悩んだりするところを、ここに来てからあまり見たことがないな」

「昔、お前の前ではいつも悩んでばかりだったからな」

いきなり自嘲《じちょう》めいたことを返され、慌てて言い足す。

「いや、今の立場が君に合っているんだと思ったのさ」

「ああ、そうだな。考え方を変えたのが良かったのかもしれないな」

「考え方？」

「ネガティブな考えは視野が狭まっている証拠だということに気づいたのさ。多角的に物事を見ると、ネガティブな事象の原因がわかり、納得することができるようになる。このメソッドを上手く構築することが、問題の解決に必須《ひっす》なのさ」

「なるほど……」

隼人の仕事にも生かせる考え方だ。だが感心していると、カリムの瞳《ひとみ》がじっと隼人を見つめていることに気づいた。カリムの表情が苦しげに歪《ゆが》められる。

「――だが、お前のことだけは別だ」

「え……」

「お前のことだけは、ネガティブに考えてしまう。すべてに自信がない。情けない男でしかなくなるんだ」

「カリム……」

急に胸が痛み始めた。胸が痛くて張り裂けそうなのは、まだ彼に恋をしているせいか。

「どうして、そんなことをいきなり言うんだ……」

「私はお前が思うほど、強い男ではない。ただの一人の男だ。それを知っていてほしかった……から、かな」

「カリム……」

彼の目が伏せられる。そしてすぐに顔を上げたかと思うと、小さく笑った。

「そろそろ行こうか。夕方になるとこの辺りは急に寒くなる。王都に戻って観光の続きをしよう。スークへ行って、雑貨を見たくないか？　どんな雑貨が人気なのかその目で確かめられるぞ」

「あ、ああ、頼む」

カリムに何か答えを求められているのだろうか。だとしても、どう答えていいかわからなかった。


空は既に茜色《あかねいろ》に染まりつつあった。太陽が水平線へと傾くのを目にしながら、また海岸沿いをカリムの運転で走り、隼人は王都へと戻ってきた。

意外とカリムとの会話はスムーズで、二人っきりの小旅行は、思ったより居心地が良い。だが、その『良い』という感情に、隼人はなんとも複雑な思いを残した。

二度と会いたくなかった男なのに、こうやって会えば、楽しいと思ってしまう。こんなにも隼人の心を翻弄《ほんろう》する男は、このカリム以外にいなかった。

心をフラットにして、何も感じないようにするのが精いっぱいだ。普通に、昔の知り合い程度に接して『君のことなど、もう何とも思っていない』と言ってやりたいのに。

そんな複雑な思いを持て余し、隼人は自分の仕事に専念すべく、そのまま王都の中心にある市場、スークを見学した。

「ゴージャスだな……黄金づくしだ……」

いかにデルアンの国民はゴールドが好きなのか、改めて認識する。

だが、多種多様な店がずらりと並ぶ中、雑貨を扱っている店に入ると、文具は安価で、作りもよくないものが多かった。

「文具にはあまりお金を使わないのか……」

つい呟くと、隣で一緒に文具を見ていたカリムが答えてきた。

「使わないわけではなく、売っていないと言ったほうが正解かな。ああ、欧米の老舗《しにせ》メーカーの万年筆などはあるが、あまり児童や学生が使うものではないからな」

カリムはサングラスで、王子だとわからないようにしているが、余計顔の作りやスタイルの良さが強調されて、イケメンぶりを発揮していた。お陰で、あちらこちらで観光客らしき女性たちから熱い視線を送られっぱなしだ。

「君の言うことが本当だとしたら、もしいい文具がそれなりの価格をしていたとしても、買う人がいるということ?」

「そうだな。いい物を買うことには金に糸目はつけないいな」

「そうか……」

やはり高級路線のオリジナルブランドはアリかもしれない。そして既存のアニメグッズも売れそうだと思った。律からも聞いていたが、デルアンも他のアラブの国と違わず、日本のアニメが若者の間で人気だ。放映している日本のアニメをもう少しチェックして、そのアニメキャラクターの文具を仕入れるのもいいかもしれない。

「何となくイメージが固まってきたかな」

「それはよかった。そうでなければ夕食が食べられないところだった」

「え？」

慌てて時計を確認すると、既に夜の八時になっていた。確かにそろそろ夕食をとらないといけない時間だった。

「ごめん、カリム。夢中で時間を忘れていた。この辺りでどこか食べるところある？　君のお勧めだと嬉しいけど」

「ああ、懐かしい店がある」

「懐かしい店？」

隼人が聞き返すと、カリムは隼人の手をとり引っ張ったのだった。


カリムに連れてこられたのは、テラス席のある、こぢんまりしたフランス家庭料理の店だった。テラス席は中庭に面しており、青々とした緑を楽しみながら食事ができるようになっている。とてもアラブの一国にいるようには思えない場所だった。

カリムはあらかじめテラス席をすべて予約していたようで、テラスには誰一人、他の客はいなかった。貸し切り状態である。もちろんＳＰは、テラスに通じる入り口に数人立っていたが、目立たないようにしていた。

メニューを見ると、南仏の旅行先で食べたものがあったりと、カリムが言った『懐かしい』の意味がわかる料理名がずらりと並んでいた。

そこから前菜、スープ、魚料理、肉料理、そしてデザートを選ぶ。さすがにデルアン王国内ということもあり、ワインは避けた。外国人の飲酒はレストランとホテル内では許可されているのだが、カリムに付き合って、隼人も炭酸水を注文する。

「それから、あと、プロシュート多めで、チーズ、玉子、アーティチョークを使ったガレットもつけてくれ。これは先に出してほしいんだが」

「畏《かしこ》まりました」

プロシュート多め……プロシュートは昔からの隼人の好物の一つであり、八年前もカリムの前でよく食べていたものだ。そしてそのガレットは、アルルでゴッホの店に入ったときに注文したガレットと同じものであった。

「それって……」

「ああ、お前と一緒に食べたものだな。イスラムでは豚肉の置いてあるレストランは少ないんだが、ここは上質なプロシュートが置いてあるんだ」

その言葉に、隼人はふと気付いた。

「君、以前、海外でハラルの食べ物が手に入らない時は、キリスト教圏の肉ならいいって言ってたけど……それでも豚肉は別だろう？　もしかして、本当はプロシュート、食べられないんじゃ……。悪い、気が付かなくて」

プロシュートは豚肉だ。コーランで禁じられている食品の中でも、特にイスラム教徒が口にするのを避けているものだった。それを知ったのは、社会人になってからであるが。

「はは……ばれたか。だが、絶対食べないわけではない。我が国の戒律はそんなに厳しくないと以前も言っただろう？　気にするな。ただお前の好物だから注文していたんだ。お前の喜ぶ顔が見たかったからな」

カリムの言葉に、隼人の頰《ほお》がカッと熱くなった。

「……君って案外、恥ずかしい男だな」

「知らなかったのか？　今も昔も一途《いちず》で、恥ずかしい男さ」

「知らなかった。知らなかったよ。ったく何が一途だ。大方、僕のことなんてすっかり忘れていて、今回、やっと思い出したんだろうが」

言っているうちに怒りが込み上げてくる。自分から未練がましいことは言いたくなかったのに、つい、口を滑らせてしまった。だが、口から出てしまったものは、もうなかったことにはできない。隼人は平然とした様子を装うしかなかった。一方、カリムは隼人のこの言動をどう感じたのか、穏やかな顔で話し出す。

「違うとも言えるし、そうだとも言える。八年前のあの日、私はお前を諦《あきら》めるつもりだったから、忘れようと努力したことは確かだ。だがずっと愛していた。その思いだけはどうしても消えなかった」

隼人は勇気を出して、以前から聞きたかったことを口にした。

「――どうして」

「ん？」

彼が軽く聞き返してきたことで、さらに勇気が湧《わ》き、隼人は思ったことを口にする。

「どうして、あんなに嫌がっていた国へ戻ることに？　今ならわかるけど、君は王子という立場から逃げようとしていたんだろう？　どうして急に国に戻ったんだ？」

どうしてあの日、初めて肌を重ねた夜に、突然消えたんだ――？

思いが口から飛び出そうになったが、寸前で呑《の》み込《こ》んだ。あのとき、どんなに辛い思いをしたかカリムには知られたくなかった。それにこんな薄情な男を、今なお気にする自分が許せなかったのもある。何でもないふりをして、矜持《きょうじ》を守りたかった。

これ以上、傷つきたくない。だから彼に歩み寄ることができなかった。

人は裏切られると弱くなる。それが愛する人からのものであれば尚更《なおさら》だ。

だが――それでも彼があの日突然消えた理由が知りたかった。

好きという感情は本当に手に負えない。裏切りであろうが、与えられるすべてのものが、一つ一つ意味を持ち、手放したくない宝物に変わる。

くそ――っ。

「君はどうしてあの夜、突然消えたんだ」

プライドなど糞《くそ》くらえだ。

隼人はとうとう本当に聞きたかった言葉を口にした。カリムと視線がかち合う。彼は決して隼人から視線を逸らそうとしなかった。じっと見つめた後、一語一語、しっかり心を込めたように言葉を発する。

「――もう、お前に嘘を吐《つ》きたくなかったからだ」

中庭にある噴水から溢れる水の音に混じって、カリムの声が隼人の耳に届く。その声は隼人の心臓の鼓動を早くした。

「これから先の人生、どれだけ嘘を吐くか、ではなく、どれだけ嘘を吐かないように生きるか――。それを考えたとき、お前の顔が浮かんだ」

「どれだけ嘘を吐かないように生きるか――」

「ああ、あのままでは、お前に嘘を吐き続ける人生を歩むことになる。愛する人に一生嘘を吐くような罪を重ねたくはなかった。確かに他にも理由はあるが、結果的に私を大きく動かしたのは、お前に嘘を吐くような人生は止めようと思ったことだ」

やはり、あのバカンスは嘘の上に成り立つ夢の世界だったのだ。たとえ嘘を吐きたくないという誠実さが原因だったとしても、カリムはいつか消えるつもりだったのだろう。

「最初から消える予定だったのか……」

「いや、違う。当時、私は自分の立場をすべて捨てるつもりだった。だから私のバックグラウンドなど、どう言い繕ってもいいと思っていた。だがお前と会って話しているうちに、考え方が変わった。自分で自分の居場所をこのデルアンで見つけることが、私の生きる道なのだと気が付いた。だからこそ、そこに矛盾が生まれてしまったんだ」

矛盾……。

出会いは偶然だった。だがその偶然は思いも寄らない恋情を引き寄せ、そして矛盾を生んでしまっていたのだ。

「お前は私を恨んでいるだろう？　わかっている。それだけのことをした。お前を置いて消えたのは私側の理由だ」

恨んでいる？

恨んでいるのか？　初めて恋らしきものを満喫し、相手の性別など関係ないほど惹《ひ》かれ、とうとう躰を明け渡した相手――。裏切られて恨まないわけがない。だが――、だが、悲しくて、寂しくて、辛くて、一人で寂寥感《せきりょうかん》を抱えて生きてきたのは、彼が隣にいなかったからだ。正確に言うと、彼を恨んでいたからではない。

会いたくなかった。やっと心の傷が癒《い》え、何でもなくいられるようになったのに、彼にまた心を寄せるなんていう、莫迦《ばか》なことをしそうになる。

隼人は首を横に振った。

「恨んでいないよ。もう昔のことだ。そんな昔のことで心を引きずられたりはしない。ただ、会いたくなかったのは事実だけどな」

「隼人……」

「恨んでない。それは本当だ。だが、君の気持ちを受け入れられるかといったら、そうじゃない。君も僕も学生じゃないんだ。自分を取り巻く環境を、前よりも確実に理解している」

「……頑固だな」

不服そうに言われる。

「頑固じゃないよ」

隼人が言い返すと、レストランのスタッフがガレットを持ってくるのが見え、二人とも口を閉じた。すぐにテーブルの上にガレットが置かれた。オーダー通りにプロシュートが山盛りで皿から溢れている。

「南仏で食べたときよりも豪華。さすがデルアン王国、凄い」

「国を褒められてもな……」

「貶《けな》されるよりはいいだろう？　ほら、君も食べろよ」

隼人はガレットをフォークとナイフで切って、プロシュートの載っていない部分を、カリムの皿に取り分けようとするが、弾みでプロシュートが皿の外へとぽろりと落ちる。

「うわ、これは僕が責任を持って食べるよ」

隼人は慌ててプロシュートを指先で摘まんで自分の皿の上に載せた。するとカリムが隼人のその手を摑《つか》んだ。

「え、なに?」

「塩加減はどうだ?」

そう言いながら、カリムが腰を上げてテーブル越しに隼人の指先を唇に含んだ。

「なっ……」

「なかなかいい塩梅《あんばい》だな」

色気を含んだ笑みを隼人に向けてきた。

「きっ……き、き、君っ! 何をするんだ。こんな公共の場でっ」

ぐいっと自分の手をカリムから奪回する。彼は楽しそうに放してくれた。

「お前は少し隙《すき》がありすぎるぞ? まあ、そのほうが付け込みやすいが」

「忠告はありがたいが、そういう悪だくみっぽいことを君が言うのはセクハラだからな」

「どうして私が言うとセクハラなんだ?」

首を傾《かし》げて聞かれるが、そういうところだと、言ってやりたい。

「自分の色気に聞いてみろ。無駄に色気を出しすぎだ。ったく……」

投げやりにプロシュートを口に入れた。

「お前だけにしか出さないさ」

「うっ……」

思わずプロシュートを呑み込んでしまう。大好物だというのに、だ。

「……もう、黙って食べろ。フルコースを頼んだから、次の料理が運ばれてくるぞ」

文句を言うが、言われるカリムは楽しそうに笑みを浮かべるばかりだった。そんなに幸せそうな顔をして見つめられると、こちらも調子が狂う。

カリムとやり直すことを躊躇《ちゅうちょ》するのは、また捨てられるかもしれないと怯《おび》える自分がいるからだ。それと、律が第七王子の伴侶になったことでも衝撃だったのに、その上をいく第二王子が相手などと、もう無理だとしか思えなかった。

だが、本当は彼と先のわからない未来へ飛び込む勇気がないのだ。

恋に生きる自信がない。恋愛で無謀なことができる年齢ではなくなってきているのを、自分もどこかで感じていた――。

◆　Ⅳ　◆

デルアンのオリジナルシリーズの文具に使う素材を隼人《はやと》は思いついていた。悔しいが、カリムと一緒にデルアンの遺跡を見に行ったときに、砂浜を見て思いついたのだ。

「螺鈿《らでん》を使うのはどう思う？」

昼休みになって、隼人は律《りつ》に声を掛けた。

「螺鈿、なかなかいいですね。でもかなりコストがかかるんじゃないですか？」

律は仕事の話だとばかりに、ビジネスモードで答える。いい加減、デルアンにいる間は、兄弟として接してもらいたいと思うが、真面目《まじめ》な律は、就業中は相変わらず『佐倉《さくら》室長』だ。

「この国の人は、いいものにはお金を出す。なら、最高のジャパンの伝統工芸品を一度出してみてもいいんじゃないかと思ったんだ」

「螺鈿は確かに煌《きら》びやかですしね」

「蒔絵《まきえ》の技術を使って、螺鈿の他に金銀粉などを漆黒や朱、乳白色の漆《うるし》にあしらおうと思う。螺鈿が映《は》えてゴージャスに見えるだろう？　あと加賀《かが》の金箔《きんぱく》工芸も使えるかなって思ってる。まあ、デザイナーとか職人さんとの打ち合わせ次第だが……」

漆は繊細だ。だが使えば使うほどツヤが出て、高級感が増す。長く使ってもらえるようなシリーズを出してみたかった。もちろん、金箔工芸技術を存分に使った、黄金のみの文具も出して、様子を見てもいいかもしれない。

「漆は少し冒険かもしれません。こちらではやはりゴールドが人気ですから。黒や赤、白の漆はインパクトが弱いかもしれません。ですが、デザインや螺鈿の色合いなどを調整できれば、ゴールドに負けないゴージャス感が出る可能性もあると思います」

「やっぱり、まずは工房や職人探しからかぁ……」

「そうですね」

「律、もう昼休みなんだから、普通に話してくれないか。兄さん、寂しい」

わざとらしく寂しそうな顔をすると、律が小さく溜息《ためいき》を吐《つ》いて、口を開いた。

「兄さん、元気がなさそうだけど、カリム殿下と何か問題があった？」

やっと律がプライベートの顔で隼人に話し掛けてきたかと思ったら、あまり聞きたくない名前を出されてしまった。もっと可愛《かわい》い話題が良かったと思うが、あとの祭りだ。

「どうしてそこにカリムが出てくるんだ。律とリドワーン殿下のことで悩んでいるかもしれないだろう？　あとアミンにもほとんど会ってないから、寂しいとか」

「もしそうだったら、兄さん、僕に言うじゃないか。僕に言わないってことは、カリム殿下のことかなって」

　鋭い。

「兄さんたち二人のことはよくわからないけど、本当に困っていたら、僕に言って。リドワーンも力になるって言ってるし、いつもうざいほど『律、律、アミン、アミン』って、言ってくる兄さんが静かなんて、逆に心配になるよ」

「うざいって言うなよ～」

　苦笑しながら言う。いつの間にか律に心配をかけてしまっていたことを申し訳なく思った。

「本当に逞《たくま》しくなったなぁ、律。やっぱりリドワーンやアミンと一緒にいることで、成長しているのかな。なんだか兄さん、寂しいよ。娘を嫁にやった気持ちってこんな感じなんだろうなぁ……」

「何を言ってるんだか……はぁ……」

　律に呆《あき》れた目で見られてしまう。

「そうだ、兄さん。今日のランチ、リドワーンと待ち合わせして一緒に食べるんだけど、兄さんも行かない？　伝統料理のお店なんだけど、僕たち日本人の口にも合うんだ」

「二人で行ってこいよ」

「え？」

律が意外そうな顔をした。

「なんだ？　律、もしかして僕に邪魔してほしかったのか？」

「やっぱり兄さんが遠慮するなんて、おかしい。いつもなら絶対来るのに」

「そんなに大人げなくないぞ」

「そうかな？　いつも隙《すき》あらば邪魔してきた気がするよ、兄さん」

確かに。今までならそんな気を遣うこともなく、一緒に行ったかもしれない。ただ、今は律の幸せを邪魔しないように見守ってやりたいという思いが強くなっていた。

それに、最近は律のことよりカリムのことを考えている時間が多くなった。

「忌々《いまいま》しいな……」

「え？　何か言った？　兄さん」

「いや、こちらのことだ。それに急ぎで返事をしたいメールがあるし、今日は遠慮しておくよ」

「わかったよ。じゃあ、兄さん、ちゃんと昼食とってね」

「ああ、ありがとう」

律は軽く手を振ると、そのままフロアから出ていく。隼人はその背中を見送ると、日本から届いているメールに返信をし始めた。三十分ほどかかって幾つか急ぎのものに返信をして、隼人は一人でランチに出掛けることにした。

オフィス街には食べるところがたくさんあるので助かっている。隼人はどこにしようか考えながら歩道を歩いた。

中華にしようかな……。

そんなことを考えていると後ろから声を掛けられた。

「サクラ、サクラ、リツか」

「え？」

振り返ると、そこには見知らぬインド系の男が立っていた。何とも嫌な予感がして一歩後退《あとずさ》った。だがいつの間にか背後にも別の男がいて、羽交《はが》い絞《じ》めにされる。

「なっ！」

「急げ、見つかるぞ」

車に引《ひ》き摺《ず》り込まれそうになり、隼人は必死に抵抗した。だが男二人がかりで押し込められてはとてもではないが太刀《たち》打《う》ちできなかった。

「ミスター佐倉っ！」

ふと声のしたほうへ視線を遣《や》ると、青年が走ってくるのが見えた。

ミドハトだ。カリムの側近で、隼人が宮殿でお世話になっている際に、時々言葉を交わす青年だった。

「ミドハトさんっ！　うっ……」

口を塞《ふさ》がれた。途端、意識が朦朧《もうろう》とし始める。だが踏ん張って意識を留《とど》めていると、ミドハトが別の男に取り押さえられるのが見えた。

ミドハトさん、逃げて――。

そう願うのが精いっぱいで、隼人の意識はそこで途切れた。

＊＊＊

カリムは執務机の上にあった資料を軽く指で弾《はじ》く。

「それで、アジトを包囲できたのか？」

「ああ」

王立陸軍少尉であり、王国精鋭部隊のアズラク第二分隊長である第四王子、アシュラフが答える。カリムは資料に視線を落とし、呟《つぶや》いた。

「まったく、これだけの人間が脅され、妻子を人質に取られているとは……。酷《ひど》い話だな」

「理人《りひと》が調べた範囲でもこれだけ出てきたから、まだ人数は増えるかもな」

アシュラフの後ろには彼の副官であり恋人でもある元ＦＢＩの理人が立っていた。

　理人は、先日、リコールの署名を偽造したという犯人を取り調べ、彼から妻子が人質に取られていることを聞き出したのだ。それから人質を盾に偽造を強要された人間が他にもいることを知り、彼らの妻子が監禁されているアジトを探し出していた。

「男の話によると、偽造した署名を、集計の際、正規のものと入れ替えたそうだ。偽造の署名は、簡単に偽造だとわかるようにしろと言われたらしい」

「だろうな。あからさますぎだ。すべて同じ筆跡など、偽造を見つけてくださいと言わんばかりだ。オルジェ側が不正をしたように見せかけ、陥れようとしているのが丸わかりの署名だ」

　カリムの予想通りである。元々リコール運動が始まった当初から、ディヤーはこのリコール運動が無効になる方法を側近と考えていたようだ。それで出た答えが、リコール運動の不正を摘発し、逆にオルジェ側の責任者、ウスマーンに濡《ぬ》れ衣《ぎぬ》を着せて失脚させようという策略だったようだ。

「あと、もう一つ……理人、タブレットの内容を説明してくれ」

　アシュラフが理人に声を掛けると、理人がタブレットを差し出してきた。

「ディヤーが横領や職権乱用を繰り返していた事実は既に摑《つか》んでいます」

「とのことだ」

　自慢げにアシュラフは自分の恋人を見遣《みや》った。

アシュラフは自分一人で報告できるときでも、恋人の理人といつも一緒にいたいために、理人に何だかんだと役割を持たせ連れてくる。今回もこのタブレットとその説明をさせるという名目で連れてきたのだろう。そのことに気づいていたカリムは、つい笑ってしまった。そのまま理人からタブレットを受け取る。

「理人、いろいろとありがとう。アシュラフのことを、これからもよろしく頼むよ」

「……はい」

理人の顔が真っ赤に染まる。可愛いなと思って見ていると、ドアを叩《たた》く音が響いた。

「入るがいい」

荒々しい叩き方に尋常ではない様子を感じ、カリムはすぐに入室を許可した。途端、使用人が慌ただしく入ってきた。

「殿下、隼人様が誘拐されたとの連絡が入りました！」

「なにっ！」

カリムが声を上げたときだった。カリムの手元に置いてあったスマホが鳴る。画面にはリドワーンの名前が出ていた。カリムはその電話に出る。

「リドワーン、悪いが今は……」

声を出した途端、リドワーンが慌てた様子で話し出した。

『今、ブラッサムのデュアン支店に、脅迫電話が来た。支店長を誘拐した。無事に解放してほしければ、デルアンから撤退しろというものなんだが、支店長の律はここにいるんだ。もしかしたら隼人が間違えられて誘拐されたかもしれない』

「っ……」

リドワーンの声はアシュラフや理人にも届いたようで、皆が顔を見合わせる。

隼人には内緒にしていたが、実は、彼にもボディーガードをつけていた。カリムの宮殿に滞在していること、そして律の兄であることで、敵の目につくかもしれないと思ったからだ。だが、ブラッサムの支店にいる間は、あからさまに付けられないので、ボディーガードは近くで待機をさせていたのが裏目に出たようである。

だが、念のために側近のミドハトもつけていた。優秀な彼なら、さらに巧みに隼人を守ってくれるだろうと信頼していたからだ。

ミドハト――――。

「ミドハトを隼人に付けている。ミドハトからは何も連絡がないか？」

カリムは近くの使用人に声を掛けたが、誰もが首を横に振る。

「ありません。今、連絡をとってみます」

「待て、もしかしてミドハトもよくない状況になっているかもしれない。奴《やつ》のスマホにはGPSが付いている。追ってみろ。あとアシュラフ、デュアン支店前の防犯カメラと、街中の防犯カメラをチェックしてくれ。必ず隼人が写っているはずだ」

「直《ただ》ちにやらせる」

アシュラフはすぐその場でどこかに電話をかけた。カリムはそのまま椅子《いす》の背に深く凭《もた》

れ、天井を仰いだ。

「カリム殿下、大丈夫ですか？」

理人が心配して声を掛けてくれる。大丈夫だと手だけで合図をし、躰《からだ》を起き上がらせ

た。込み上げるのは怒りだ。

犯人はやはりディヤーの関係者だろう。実はカリムがあらゆる手段を使っても、ブラッ

サム支店の営業を妨害しようとする輩《やから》は見つからなかったのだ。

だがディヤーのほうには、見逃せないものがあった。ブラッサムへの嫌がらせが起きる

前日に、必ず使途不明の支払い形跡があるのだ。巧みに隠しているが、こちらはディヤー

が使う金融機関に捜査を入れ、支払い先がイスラエルの興信所ということが判明してい

る。

「誘拐する人間の顔さえ見分けがつかぬとは、所詮《しょせん》寄せ集めの群衆ということだ。まった

く何もかも杜撰《ずさん》だな」

「ディヤーは父親がリゾートホテルのオーナーということで、今まで多くの不祥事をお金

で解決してきたきらいがあります。そういう何かに依存できる状況に、彼の甘さが随所に

表れている原因があるのかと」

ＦＢＩ仕込みのプロファイラーでもある理人は、ディヤーの、ほんの一部をそのように解析したようだ。

「どちらにしても重罪を犯したことに変わりはない。関係ないブラッサムを、そして隼人を巻き込んだのなら、それ相応の覚悟をしてもらうしかない。親の庇護《ひご》がどんなときでも通用するものではないと教えてやろう」

カリムは自分の瞳《ひとみ》の奥が熱く燃え盛るのを感じずにはいられなかった。

結局、王都中に配置されている監視カメラには、隼人とミドハトが誘拐される様子がしっかり写り込んでいた。そしてその車の行方を追うと、アシュラフたちが既に包囲しているアジトであることもわかり、すべてがディヤーに繋《つな》がることが判明したのだった。

◆
V
◆

冷たく硬い感触が隼人《はやと》の頰《ほお》に当たった。意識がふわりと浮上し、重い瞼《まぶた》が開く。だが周囲は薄暗く、よく見えなかった。

ここは……どこだ？

ゆっくりと起き上がる。少し頭がふらりとしたが、どこか痛いということはなかった。

ただ、後ろ手に手首を縄で縛られているので、まずい状況に陥っていることだけはわかった。

「目を覚まされましたか？　ミスター佐倉《さくら》」

小声で背後から囁《ささや》かれ、驚きで躰《からだ》がビクッと跳ね上がってしまった。

「え……ミドハトさん？」

「はい。とりあえず静かにしていてください。今、犯人たちは別の部屋で、どこからか連れてきた別の人質とやりとりしているようです。今はわたくしとあなたの二人だけです」

暗闇《くらやみ》に目が慣れてくる。ミドハトも後ろ手に手首を縄で縛られていた。隼人の視線に気づいたのか、ミドハトが言葉を足す。

「本当はこれくらいの縄は解《ほど》けるのですが、相手を油断させるため、ぎりぎりまではこのままの状態で。たぶんカリム殿下がここを嗅《か》ぎつけて、すぐに助けに来てくださるはずです」

「カリムが？」

カリムの名前を聞いただけで、少し心が安堵《あんど》する。こんな状況になって、一番に頼りにするのは、律《りつ》でも会社でもなく、カリムであることに、少し悔しさを覚えてしまうのも確かではあったが。

「ええ、ですから今できることは、なるべくここで大人しくしていることです。あと、大声を立てずに、何かあっても彼らに従順に。この部屋にはありがたいことに監視カメラがないようですから、今晩、わたくしたちがもう目を覚まさないだろうと彼らに思われるのが一番です。そうしたら彼らの監視の目も少しは緩むでしょうから」

「なるほど……」

さすがは第二王子の側近だけのことはある。こんな状況でも彼は落ち着いていた。

「状況が状況で、なかなか冷静でいられないとは思いますが、彼らがあちらの部屋にいる間は、ここで小さな声で話していても大丈夫でしょうから、おしゃべりでもして気を紛らしましょう」

ミドハトが優しい笑みを浮かべて提案してきた。隼人を落ち着かせようとしてくれているのだ。

「このアジトへ到着した際、わたくしも意識を失ったふりをしていたのですが、駐車場にさりげなくスマホを落としてきました。スマホにはGPSが付いていますので、カリム殿下にはこの場所をすぐに見つけていただけるはずです」

「そうか、カリムが……。はぁ、彼にはあまり借りを作りたくないのにな」

小さく呟《つぶや》くと、ミドハトの表情が少しだけ悲しげに歪《ゆが》められる。それを見て、何となくこの尋常ではない状況を過ごすのに、カリムとのことをミドハトに相談しようと思った。彼なら、もしかしたらいいアドバイスをくれるかもしれない。

「ミドハトさんはご存じかもしれませんが、カリムとは昔、ちょっといろいろあって、まあ、彼から一方的に絶交みたいなことになったんです。僕は酷《ひど》く傷ついて、もう二度と彼に会いたくないと思っていたから、あまり彼に借りを作りたくないんですよね……」

突然黙って消えた彼――。

何度思い返しても、胸が引き裂かれるように痛い。

「それに、酷くないですか？　僕のことを、少し前から知っていたようなんですが、声を掛けるのを止めてたって。今回、知らずにこの国に来て、いきなり『やあ』って現れても、僕は彼を許すことは、簡単にはできません」

「少し前から知っていた……ではありません。ずっとあなたのことを気にされていました」

ミドハトが静かに答えた。

「あなたのために、国へ戻ったのですから……」

その声にカリムが以前、口にした言葉を思い出した。

『これから先の人生、どれだけ嘘《うそ》を吐《つ》くか、ではなく、どれだけ嘘を吐かないように生きるか――。それを考えたとき、お前の顔が浮かんだ』

カリムは隼人の言動で、考えを変えたと言っていた。

「……そうだったかもしれません。でも、本当は一言欲しかった。国へ帰るのなら、『帰る』って言ってほしかったと思うのは、僕の我儘《わがまま》なんでしょうか……」

本当は相談もしてほしかった。最後は勝手に決めて、隼人を置き去りにしたような薄情なカリムに、そんなことを言っても通じないのかもしれないが――。

隼人が苦笑すると、ミドハトが口を開いた。

「いえ、言えなかったのです。あなたに負担を掛けたくなかったから……。そしてあまりにも急に戻らなければならなくなりましたから――」

「ミドハトさん？」

「わたくしは、殿下とミスター佐倉の擦れ違いをこれ以上見たくはありません。あの日、八年前、わたくしもその場におりました」

「ミドハトさんがあのとき――――？」

思いも寄らない事実に、隼人は顔を上げた。

「差し出がましいとは思いますが、どうか話を聞いてはいただけませんか？」

ミドハトの申し出に、隼人は首を縦に振った。鼓動が速くなる。あの夜の彼に何があったのか。隼人を置き去りにしたあの夜のことを、少しでも知りたかった。

＊＊＊

八年前のあの日――――。初めてカリムが隼人と心を交わし、躰を重ねた夜――――。

カリムは気を失った隼人を宝物のように大切に扱い、彼の躰を清めた。すると、従者のミドハトが見計らったように部屋のドアを叩《たた》いてきたのだ。

カリムは隼人が目を覚ましてはいけないと、ジーンズだけ穿《は》き、部屋のドアを開けた。そこには真剣な顔をしたミドハトが立っていた。

「国へお戻りください、カリム殿下」

開口一番に、カリムが最も聞きたくない言葉が発せられる。

「ミドハト、その話は先日にしたはずだ。このバカンスは、隼人と普通の生活をする。一切、私たちには手出しをするなとな」

「国王陛下が、いえ、正確に言うと、陛下の側近の方々が動いております」

「その中にミハジャもいると？」

「はい」

　ミハジャとは父の側近の一人で、父が王太子の頃から傍《そば》で仕えている男である。父のためなら手段を選ばないところがあり、カリムにとって厄介な相手であることには間違いがなかった。

「このままでは隼人殿が、殿下を拉致《らち》したとのことで逮捕されます。たぶん明日にでもここにミハジャ殿がいらっしゃるかと思います」

「何だと？」

「王族、しかも星継《ほしつぐ》の剣を持つ王子に危害を加えた場合、極刑になることも珍しくありません。もし極刑を免れても、殿下を誑《たぶら》かしたという罪を着せられるかもしれません。そうなると長く刑務所に入れられる可能性が高くなります。そういうことも含めて、ミハジャ殿は動いていると思われます」

「ミハジャめ、隼人に目をつけたか……」

　星継の剣――。

　第一王子から第八王子が王位継承権の保持者の証《あかし》として『星継の剣』を所有することが

義務付けられている。王子自ら王位継承権を辞退したとしても、その剣を放棄することはできず、国王が次期国王を決めた際に、その王太子を承認するという意味も含め、王太子にその剣を渡すという役目を担う。そのため『星継の剣』を持つ王子たちは他の王子とは一線が引かれており、こういった刑罰も厳しくなっていた。

「ミハジャ殿は、殿下の弱点が隼人殿だとわかって、あえて隼人殿を逮捕するつもりだと思われます」

「容赦ないな――――だが、予測できないことではなかった」

「え……？」

ミドハトが少しだけ目を見開く。彼の表情を見ながら、カリムは言葉を続けた。

「私が弱点を作れば、そこを責められるとわかっていた。それでも隼人を愛さずにはいられなかった。もしかしたらこの夏の間だけは願いが聞き届けられるかもしれないと甘く思っていた……。だが、実際はそんなに甘くはなかったということだ」

「殿下……」

本当はわかっていた。帰らなければならない時期がきていたことを。ただ、今の生活が楽しくて――――、隼人と一緒にいる時間が幸せすぎて――――、もう少しだけ続けられるような気がしていただけだ。

「国へ戻るぞ、ミドハト」

「殿下、よろしいのですか？」

「……隼人に嘘を吐いていた罰だ。だがこれから先の人生、彼に嘘を吐かなくても済むようにリセットする。そう思えば、多少のリスクも背負える」

それよりも一刻も早く、ミハジャの動きを止めなくてはならない。こうしている間にも、彼が隼人を捕まえるためにいろいろと準備をしているに違いない。彼に国に戻ることを伝えなければ隼人が捕まってしまう。

カリムは部屋へと戻り、洗面所に干しておいた、まだ乾いていないシャツを羽織った。視線だけでミドハトを出入り口のところで待つように伝える。彼がドアのところで待機しているのを確認してから、カリムはまだ隼人が眠っている寝室へと音を立てずに入った。

静かな寝息が聞こえる。初めての体験であった隼人を、我慢ができず激しく抱いてしまったのだ。当分は目が覚めないだろう。

「隼人……」

彼の頬にそっと触れる。

隼人を自分の問題に巻き込むわけにはいかなかった。優先するのは隼人の命と自由だ。王家に生まれたからには課せられた責任を全《まっと》うしなければならない。頭でわかっていても、自分でなくてもよい役割に、一生を縛り付けられるのが嫌だった。自分でなくてはならない場所へ行きたかった。たとえ子供っぽい行動であろうが、これが最後の王家に対する反抗だったのだ。

「みっともない反抗期も終えないとならないな。二十二年生きてきて、結局、自分の居場所を見つけることができなかったのだから――。足掻《あが》くだけの未熟な時間だった」

自虐的に呟いた途端、脳裏に隼人の言葉が浮かび上がった。

『――誰でもいいような仕事ではなく、君でなければいけない仕事にしてみたらいいんじゃないか？　そうしたら誰でもいいなんて思わないだろう？　君自身で居場所を作れよ』

そうだ。自分の居場所は自分で作らないとならないのだ。

「いや、足掻くだけではなかったな。隼人に会うために私はこの時間を過ごしたのかもしれない。隼人、お前が言うように、私でなければならないと、皆に思わせるような仕事ぶりを見せつけてやることにしよう。そして国のために責務を全うすることで、自分の居場所を見つける。それが、お前が教えてくれた大切な居場所なのだからな……」

身を屈《かが》め、隼人の唇に自分の唇を重ねた。

もしかしたらもう二度と触れられないかもしれないと思うと、躰が震える。

「お前に私のことを秘密にしていたのが、今さらながらに応《こた》えるな。お前は突然消えた私をどう思うだろう……」

だが連れてはいけない。何も知らない隼人をデルアンへ連れてはいけなかった。第二王子という肩書は、周囲の人間の自由さえ奪うほどの枷《かせ》となる。隼人を縛り付ける権利は、今のカリムにはなかった。

「また、いつか会える日を願っている――――私の最愛の人」

会える日が来るだろうか――――。

デルアン王国の第二王子という立場で、彼に会う日が来るのが、少し怖かった。この南仏での出会いがすべて嘘の上で成り立っていると誤解されることが怖かった。

嘘ではない。少なくとも私の弱さや、そしてお前への愛は嘘ではない――――。

それでもきっと、会いには行けないだろう。隼人の幸せを願うなら、特殊な環境で生きていかなければならない自分と接点を作ってはいけないのだ。

隼人の顔をしっかり脳裏に焼き付け、カリムは踵《きびす》を返して寝室から出た。後ろ髪を引かれる思いを振り切る。

「殿下、お荷物は」

「よい、そのままにしておけ。せめて荷物だけでも隼人の傍にありたい。彼には迷惑かもしれないがな……」

「殿下……」

「行くぞ、あまり音を立てると隼人が目を覚ます」

「畏《かしこ》まりました」

本当はそうではない。荷物を纏《まと》める間に、隼人を置いていくという決心が揺らぎそうだったからだ。今、この場から出ていかなければ、隼人を連れ去りたいという自分のエゴが、いつ顔を覗《のぞ》かせるかわからなかった。自分の欲望から隼人を守るためにも、ここを早く離れたかったのだ。

アパルトマンを出ると、まだ雨が降っていた。だがミドハトがいつの間にか連絡していたようで、すぐに車がアパルトマンの前へと横づけされる。

「殿下」

促されてその車に乗り込んだ。車窓から未《いま》だ隼人が眠っているだろう部屋を見上げる。暗闇の中、雨に煙る窓は薄明かりが灯《とも》ったままだ。

隼人――――。

きつく、きつく目を瞑《つぶ》った。車が静かに動く。車窓から消え去る窓をカリムは見ることができなかった。

そしてそれから八年という月日が流れるのだった。

＊＊＊

「そんなことが……」

隼人は初めて聞かされる八年前のあの日の話に、胸が締め付けられそうになった。

「あと数時間遅ければ、ミスター佐倉、あなたはフランスの警察によって逮捕され、我が国に引き渡されて、留置場に送られるところでした。王族を害そうとした者は、相当厳しい待遇となります。あなたに多くのことを納得していただくには、どうしても時間がありませんでした。何しろ、殿下は王子であることはもちろん、多くのことをあなたには話していらっしゃいませんでしたし」

確かに、当時はカリムが王子ということも知らなかったのだから、そんな危険が自分の身に迫っていたとは、到底思いも寄らないし、聞いても理解ができなかっただろう。

「あなたを置き去りにした事実は変わりません。ですが、そうしなければならなかった事情があったことを、お伝えしたかったのです。殿下はきっとそういった言い訳をされませんでしょうから……」

「……っ、言い訳をすればいいのに」

「え？」

「王子？　でも僕が会ったのはいい歳《とし》をしているのに家出していた、人生に迷った青年だ。今もただの情けなかった男の八年後の姿だ」

今さら恰好《かっこう》つけて、言い訳をしないも何もない。それこそ言い訳もせずに、いきなり愛を告げられても、隼人のほうが気持ちの整理がつかないというものだ。

　ムッとしていると、ミドハトが驚いたような表情をし、そして双眸《そうぼう》を細めて笑った。

「殿下をそのようにおっしゃるのはミスター佐倉だけですね。他の方の前では言われませんように。不敬罪で訴えられてしまうかもしれませんよ」

「え……」

　途端、背筋がぞぞっとした。よく考えたらカリムに対して、いつも隼人は横柄な態度で接しているかもしれない。

「……殿下はずっとあなたに会うおつもりはなかったのです。律殿がリドワーン殿下と添い遂げることになったときも、お声を掛けませんでした。ですが、何も知らないあなたがこちらへ来られたとき、その姿を目にして、もう我慢の限界だったのかもしれません。殿下はとうとう動いてしまわれましたから」

　ミドハトはカリムの乳兄弟と聞いているが、彼の表情を見ていると、本当に兄弟のようにカリムのことを親身に思っていることが伝わってきた。だからなのか、率直な彼の意見が聞きたいという衝動が隼人に湧く。

「ミドハトさんは、カリムと僕が縒《よ》りを戻してもいいと思いますか？」

「殿下のことを思うと、そうしていただけると嬉《うれ》しいです」

　あまりにも簡単に言われ、隼人のほうが驚いた。

「え、でも第二王子なのに、伴侶《はんりょ》が男性でいいんですか？　大体、うちの場合、第七王子も律と結婚したようなものですし……」

「殿下は、ミスター佐倉と添い遂げなくても、誰とも結婚をされるおつもりはありませんでしたよ。あの方は愛する人はお一人で、一夫多妻制にはしないと昔からおっしゃってました。それに愛する人は、あなたしかいらっしゃいませんから、あなた以外の方とは結婚されないでしょう」

そういえば昔、カリムがそんなことを言っていたのを思い出した。

『私が娶《めと》るのは、絶対一人だ。愛する人を悲しませることはしない。一人の相手しか愛さないと決めている。どんなに無理強いされようが、ただ一人を守り、愛し抜く』

カリム――――！

「だからわたくしは、殿下が幸せになってくださるのなら、もう他に何も言うことはありません」

「ミドハトさん……」

「先ほど、ミスター佐倉は殿下のことを情けなかった男と言われましたよね。なら、許してくださいませんか？　情けない男だったのですから、そこを大目に見て、やり直していただけないでしょうか？」

「そんな……」

そのときだった。ドアの向こうから複数の子供の泣き声が聞こえた。

「え？」

ミドハトと目を合わせ、そっと立ち上がりドアの傍まで歩み寄る。すると今度は怒鳴る声が聞こえた。アラビア語なので、意味がよくわからない。

「……どうやら、偽造工作をした人間の家族を人質にとっているようですね。オルジェ王国のウスマーンが退任するまで、ここに監禁すると言ってます」

ミドハトが英語で通訳してくれた。

「それって……」

リン鉱山の件だと気づく。隼人は隣にいるミドハトを見た。

「ええ、殿下が予想されていた通り、黒幕はディヤーだったということです。そこから推察して、御社、ブラッサムへの嫌がらせは、殿下の意識をリン鉱山から逸《そ》らせるためだった可能性が非常に高まりました。わたくしたちがいるこの場所は、偽装工作に関連したアジトのようです」

「そんな……」

カリムから以前聞いていたが、どうやら本当に彼の言った通りのことになりそうだった。

「でもいくらカリムがリドワーン殿下と特に親しいからって、その甥《おい》の、しかもその父親が勤める会社を狙《ねら》いますか？」

「ブラッサムは、出店当時からカリム殿下にとっても、大切な会社です。あなたが勤めていらっしゃる会社でもありますから、普段から心を砕いておられました。その様子が外から見ると、リドワーン殿下への義弟愛に感じられたのです」

「僕の……会社」

カリムはそんなことは一言も言っていなかった。ただ、義弟のことだけを理由に挙げていた。

「ですから、カリム殿下のブラッサムへの過剰なほどの配慮は、一部では有名な話でした」

「莫迦《ばか》な……。敵が多いくせに、そんな隙《すき》を見せて……」

「それが殿下でありますし、殿下ならどんな困難も乗り越える覚悟を……八年前に、されました」

八年前――――。

僕がどんなに悲しんで、彼を恨んでいたか、きっと想像していたに違いない。そして万が一、再会したとしても、上手《うま》くその絆《きずな》を結べるかわからなかっただろう。

『三度目の正直だ。一度目は国へ戻るためにお前を諦《あきら》め、二度目はお前の弟、律が私の義妹と結婚しても、お前に会うことを辞めた』

カリムは何度も僕を思い、そして僕の怒りを恐れ、躊躇《ちゅうちょ》したのだ。

『三度もお前と縁があるということは、もうこれは運命だとしか思えない。諦めるのが莫迦らしくなった。本能に従い、私の望み通りにお前を手に入れろというアッラーの思し召《おぼめ》しかもしれない』

そして彼は覚悟を決め、しかも神のせいにまでして、僕の前に現れたのだ――。

「はぁ……本当にカリム、情けない。そういうところは、今も八年前のままだよ」

「ミスター佐倉、何度もわたくしの主のことを『情けない』などと、おっしゃらないでください。情けないのは、ミスター佐倉に関することだけなのですから」

ミドハトが、さすがに訂正を入れてきた。

「すみません。そうですね、僕は昔のカリムを知っているので、つい」

「まあ、殿下のそういうところまで知っている方が、伴侶として支えてくださったら、わたくしたちにとっても、感謝するところなのですが……」

「ミドハトさん……」

彼に認められていることに胸が熱くなる。カリムとの恋愛に関して頑《かたく》なだった隼人の心が、解けていくのを強く感じた。だが、

「しっ」

いきなりミドハトが静かにするように伝えてきた。隼人も口を噤《つぐ》む。耳を澄ますと、外の廊下を複数の男が歩いてくる足音が聞こえた。二人で寝たふりをする。

『まだこっちの人質は目を覚ましてないのか？』

男たちのうちの一人の声が聞こえるが、隼人のドクドクと高鳴った鼓動の音のほうが大きく感じた。

ドアの錠が外される音が響く。ドアが開けられたかと思うと、後ろ手に手首を縛られた一人の少年が投げ込まれた。

『あっ！』

『お前はここで大人しくしてろっ』

『母さんに何かしてみろっ！　ただではおかないからなっ』

アラビア語なので、隼人には相変わらず意味がわからなかったが、『母《ウンム》』という言葉だけはわかったので、彼の母親に何かあったことは理解できた。

『お前に何ができると言うんだ』

男の手が少年を叩くために上げられる。隼人は何かを考える前に咄嗟《とっさ》に動いてしまった。少年の前に出て、男に体当たりをする。男は突然のことに驚いて尻《しり》もちをついた。

「ミスター！」

『なんだ、この人質、目が覚めていやがった』

ミドハトと、静かにやり過ごす作戦だったが、失敗してしまった。

『よくもやってくれたなっ！』

男は立ち上がり、隼人に殴りかかってきた。咄嗟に身を翻したが、男の拳《こぶし》が背中に当たる。

「く、うっ……」

その拍子に床に倒れ込む。男はさらに隼人を蹴《け》ろうとしてきた。ミドハトがそれを止めようと前に出るが、その前に仲間の男がその男を止めた。

『おい、やめておけ！　その日本人は別口の人質だ。傷をつけたら怒られるぞ！』

仲間の言葉に、男は隼人を蹴ろうとしていたその足を、悔しそうに床へつけた。ミドハトは一触即発ともとれる緊張感の中でも、隼人の躰を自分の身を挺《てい》して守ってくれる。

このままミドハトさんが傷つけられたら、悔やんでも悔やみきれないっ――！

何もできない自分を歯がゆく思っていると、外で爆発音が響いた。

『何だっ！』

『外に軍隊が！　このアジトを包囲しているっ！』

別の男が慌てふためいてやってきた。

隼人はすぐさま確信した。カリムが来てくれたのだ。再び爆発音が聞こえた。すぐ近くに何かが着弾したようで、アジトがミシミシと音を立てて大きく揺れた。

『逃げろっ！』

男たちは隼人や他の人質を放って逃げ始める。だがすぐに喊声《かんせい》が遠くから聞こえてきた。
　ミドハトに肩を抱かれながら、そして隼人は少年を抱き締めながら、その場に留《とど》まる。
ヘリコプターの音が近づいてきた。やがて頭上で轟音《ごうおん》が聞こえたかと思うと、小窓から
サーチライトがちらつく。
「殿下がいらっしゃったようです」
　カリムがヘリコプターに乗ってやってきたということだろうか。
「縄を切りますから、動かないでください」
「え？」
　と、ミドハトのほうへ振り向こうとした途端、手首の拘束が解かれる。そういえば先ほ
ど、これくらいの縄は解けると言っていたことを思い出した。ミドハトはそのまま少年の
縄も解いてやる。縄が解けたのとほぼ同時くらいに、大勢の武装した軍人が、隼人たちが
監禁されていた部屋へと流れ込んできた。そしてその後ろには、今まで隼人の心を占めて
いた男が立っていた。
「カリム……」
『隼人様、保護！』
『ミドハト様、保護っ！』
　軍人が隼人たちを見つけ、通信装置を使って本部に報告している中、隼人はカリムを

ずっと見続けていた。

精鋭部隊と同じ恰好をしたカリムは、隼人を見つけた途端、固まったように立ち止まる。そして唇が『隼人』と形どったかと思うと、あっと言う間に傍までやってきて、隼人をきつく抱き締めた。

「カリムっ！」

先ほどまで縛られていた手は痺《しび》れていたが、隼人はその手をしっかりとカリムの背中に回して抱きついた。

「隼人……っ」

彼の声を耳にして、恐怖が瞬《また》く間に払拭《ふっしょく》される。代わりに、まるで何年も会っていないかのような、懐かしい気持ちが込み上げてきた。

「カ……リム……」

「隼人」

顔を上げれば、カリムの顔がすぐ傍にある。隼人は流れのまま目を瞑ろうと――――、

「ゴホン、あの、殿下、ミスター佐倉。申し訳ありませんが、それ以上は……」

「あ……」

ミドハトの声に、隼人は慌ててカリムから離れようとするが、腰をカリムにがっちりと摑《つか》まれ、離れることができない。

「ミドハト、お前の働きはそこそこ良かったが、ここで邪魔をすると、評価を下げるぞ」

「下げられても構いません。すぐに取り戻しますから。それよりもこのようなときに、そんなだらしない顔をした殿下を他の者に見せるほうが、わたくしにとっては命取りです。良い主君に恵まれたと世間には思われているのです。これ以上、ボロを出さないでくださいませ」

ミドハトさん、身も蓋《ふた》もないことを……。

隼人は苦笑するしかない。さすがのカリムもミドハトのきつい言葉に、ここで隼人にキスをするのは諦めたようだった。小さく息を吐くと、腰を掴んでいた手から力が抜けた。

「ふん、お前の毒舌が健在でよかったぞ。それだけ事態は悪くなかったということだな」

「いえ、あの男に、ミスター佐倉が背中を殴られました」

ミドハトの視線の先にいた男にカリムが気づき、男に振り向く。

「なるほど、お前が私の、デルアン王国、第二王子である私の、大切な人間を傷つけたのか？」

カリムの眼光の鋭さに男が小さな悲鳴を上げた。

「フッ……お前はその分、他の男よりも罪が重くなると思え。星継の剣を持つ王子を巻き込むことだけでも重罪なのは知っておろう？　覚悟しておくのだな。男共を連れていけ」

「はっ」

精鋭部隊の兵士が、カリムの声に男らを引っ立てていく。そしてそれと入れ替わりに別の兵士が入ってきた。

「ディヤーですが、国外へ逃亡しようとしていたところをアシュラフ隊長が率いる別動隊に身柄を確保されました」

「さすがアシュラフだな」

カリムが小さく笑うのを見て、隼人はこの世界がカリムの生きる場所なのだと、改めて感じた。

◆　Ⅵ　◆

隼人《はやと》は、あれからカリムの強い要望により、ヘリコプターで病院へ運ばれた。背中を殴られただけだが、カリムにきつく叱《しか》られ、渋々連れてこられたのだ。

カリムはそのまま事後処理に向かうらしく、病院へ留《とど》まることはなく戻っていった。隼人を病院へ送るだけのために、彼がここまで来てくれたことに、申し訳なさを感じながらも、嬉《うれ》しさも込み上げてきたのは否めない。

結局、隼人の背中は赤くなっていただけで、大事には至らなかったが、時間が時間だったこともあり、病院に一晩泊まることになった。

そして翌日、カリムに頼まれたということで、律《りつ》と第七王子のリドワーンがわざわざ隼人を迎えに来てくれた。病室を出て、車を停《と》めてあるエントランスまで廊下を歩きながら、三人で話す。

「兄さん、大丈夫だった？」

「律っ……」

心配そうに尋ねてくれる律を見て、衝動的に可愛《かわい》い弟を抱き締めてしまう。だが同時にそれを引《ひ》き剝《は》がそうとする手があった。

「近すぎだ」

「リドワーンっ」

あっと言う間に律はリドワーンの腕の中に囚《とら》われてしまった。

「殿下、そんなに嫉妬《しっと》深《ぶか》いと律に呆《あき》れられるぞ」

思わず指摘してやると、リドワーンが余裕の笑みを浮かべた。

「ご心配は無用だ、義兄上殿。律は私の嫉妬深さも可愛いと言ってくれる」

そう言って、胸に閉じ込めた律の顔を幸せそうに見つめる。律もまんざらではないようで、そんなリドワーンに対して優しく双眸《そうぼう》を細めた。そんな姿を見た隼人のショックは大きい。

「くっ……そうなのか、律」

「ええ……まあ、可愛いかな」

律が苦笑しながら答えた。思わず隼人の拳《こぶし》が震える。

「律、男を見る目がなさすぎるぞ」

「兄さんにも言えることだよ。あ、逆の意味でね。兄さんがいつまでも意地を張っていたら、本当に大切な人を逃すことになるよ。そういう意味で男を見る目がない」

「え……」

急に背筋がゾゾッとした。律が何か知ってしまったような気がしてならない。

「り、律、そ、それ、どういうこ……」

律を問い詰めようとしたときだった。

「あ、カリム殿下」

律の声に、隼人は反射的に律の視線の先に目を遣《や》った。そこには少し疲れた顔をした、それでも充分な男の色香を放つカリムが立っていた。

「カリム……」

昨夜会ったばかりだというのに、もう何日も会っていないような感覚に陥る。それだけ彼を求めているということなのだろうか。

隼人の声にカリムの視線がこちらに向けられた。それだけで胸にじわりと熱が籠《こ》もる。

カリムは隼人に視線だけ合わせると、すぐに傍にいた二人に声を掛けた。

「迎えを頼んですまなかったな。事後処理が早めに片付いたんだ。間に合うかどうかわからなかったから、断りの連絡を入れることができなかった。すまないな」

カリムの声に、リドワーンが軽く肩をすくめる。

「構いません。いつも忙しい義兄上が、ここまで誰かを過保護にされるなんて、今まで見たことがないですしね」

「私の大切な人だからな」

カリムがそう言って、隼人の手を取った。

「っ……」

律の視線が痛い。だがそれよりもカリムの手から伝わってくる熱で、心臓がきゅっと発した痛みのほうが大きかった。

「せっかく迎えに来てもらったところ悪いが、私が隼人を連れて帰ってもいいか?」

「当たり前ですよ、義兄上。私も律もやきもきしているのですから、そろそろ落ち着くところに落ち着いてください」

リドワーンの言葉に隼人はぎょっとする。もしかして律だけでなく、リドワーンも何かを察しているということなのかと青くなった。

するとと律がとどめを刺してきた。

「カリム殿下、兄さんをよろしくお願いします。意地っ張りなところがありますが、本当は優しい兄なんです」

「知っているさ。律、ありがとう」

カリムは律の肩を大丈夫だと言わんばかりに、軽くポンポンと叩《たた》くと、そのまま隼人のほうへ振り向いた。

逃げ場がない。断崖《だんがい》の絶壁とはこのことだ。三人に追い詰められ、まさに隼人は崖《がけ》っぷちに立たされているような気分になった。

「っ……」

「隼人、話をしよう」

「カリム……」

カリムの真摯《しんし》な瞳《ひとみ》に、隼人は逃げられないことを覚悟し、小さく頷《うなず》いたのだった。

迎えに来ていたリムジンに乗った途端、カリムが昨夜の誘拐事件のその後の経過を説明してくれた。カリムは後始末に追われ、一晩寝ていないようだ。

デルアン王国側の責任者、ディヤーは逃走しようとしていたところを、アシュラフが率いる精鋭部隊によって取り押さえられ、そのまま拘束されたらしい。現在も事情聴取を続けているとのことで、まだまだ余罪があるようだ。

さらにリコール運動の署名偽造に加担した人間に対しては、情状酌量の余地はあるが、まったく罰がないというわけにはいかないようだった。ただ家族を人質に取られているので、こちらは隼人を殴った男以外は軽い罪で済みそうである。

ディヤーは、リコールを求めたオルジェ王国側の責任者、ウスマーンに腹を立て、彼を罪人に仕立て上げて失脚させようとしたのだが、それが裏目に出たということだろう。

結局、ディヤーは自分の手で自分をリコールしてしまったようなものだった。

「お前を、ブラッサムの支店を、こんなことに巻き込んでしまってすまない」

隼人の隣に座っていたカリムが、ぽつりと呟《つぶや》く。彼を見上げるが、カリムは視線を前に向けたままで、隼人を見ることはなかった。隼人は小さく息を吐き、口を開く。

「八年前、君の決めた道がこういうものだったんだと、今の僕は少なからず知っている。自由に生きられない世界を、それでも君は全力で生きようとしているのも知っている。偶然とはいえ、そんな君に近づいたのは僕たちのほうだ。僕たちもここで、王室の御用達《ごようたし》という冠で商売をするのなら、それなりの覚悟が必要だということだ。だから君のせいだけではない。いや、誰のせいでもない。そういうものだ、ということだ……え」

突然、カリムの指が隼人の指先にそっと触れ、そして摑《つか》んできた。

「カリム……」

「――お前がいてくれて、よかった」

「っ……」

カリムの言葉が隼人の胸を打つ。涙がじわりと溢《あふ》れそうになり、それを誤魔化《ごまか》すように口調を荒らげた。

「急に何を言ってるんだ……」

「急ではない。ずっと思っていたことだ。お前の言葉はいつも私の胸に届き、そして私に生きるヒントを与えてくれる。お前がいないと私は生きていけない。それほどにお前を必要としているのを、いつも思い知らされているよ」

「カリム……」

「私と一緒に歩んでくれ、隼人」

「っ……」

掴んでいた指を持ち上げられ、そこに唇を寄せられる。甘い熱が隼人を襲った。

「隼人、愛している。どうか、私を選んでくれ。私と一生を共にしてくれ、隼人。お願いだ――」

カリムの切なる声に、ぎりぎり隼人の目頭に留まっていた涙が溢《あふ》れ出てしまう。

もう、いい――。意地を張るのは止めよう。こんなにも僕はカリムを愛しているのを、もう認めよう――。

隼人は顔を上げ、カリムの顔を見つめた。

「……癪《しゃく》だけど、君に捕まってやるよ。その代わり、次に僕を黙って置き去りにするようなことがあったら、絶対許さないからな」

「は、やと……」

彼の黒い瞳がみるみるうちに大きく見開かれる。彼をこんなに驚かせたことに、隼人の溜飲《りゅういん》も少し下がった。

「約束してくれ、カリム」

「ああ、約束する。もう二度とお前を置いて、どこかへ消えたりはしない――――。それどころか一生放さないさ、隼人」

言葉と共に、隼人の唇にキスが落ちてきた。


カリムの宮殿に着いた途端、隼人はカリムと一緒に、ヘリポートに待機していたヘリコプターに乗り換えた。

隼人が行き先を聞いても、カリムはすぐ近くだ、と言うばかりで、目的地を教えてくれない。しかもヘリコプターを自ら操縦し始めた。もちろんSPが乗ったヘリコプターも後からついてくるようだ。

爆音と共に、ヘリコプターがふわりと浮き上がったかと思うと、みるみるうちに上昇した。

「カリム、君がヘリコプターを操縦できるなんて知らなかったよ」

「移動に便利だからな」

「便利って……」

「ほら、隼人。海が綺麗《きれい》だぞ」

カリムの声に、視線を正面に向けた。ビル群の向こう側に見えるのは、真っ青な海だ。陽《ひ》の光を浴び、きらきらと輝いていた。

ヘリコプターは近代的なビル群の谷間を海へ向かって飛び、すぐに海へと出た。眼下には、海底が見えるほど透き通ったアクアマリン色の海が広がる。低空飛行ということもあって、ヘリコプターの影が海に映り、影が波の上を滑るように移動した。

コクピットから見えるのは、青く広大な空と海、そして美しい島々だ。

二機のヘリコプターが海の上を飛んでいくのはかなり目立つようで、洋上のボートから手を振る人間も何人かいた。

やがて正面に小さな島が現れる。小さいといっても、二機分のヘリポートや大きなプールが用意された豪華な島であった。カリムはその島の上空を旋回する。

島には、緑に囲まれた大きな屋敷《やしき》が一つ建っているだけであった。他には何もない。四方はプライベートビーチに囲まれ、移動手段は、きっとヘリコプターかボートしかないのだろう。

カリムは慣れた様子で、ヘリコプターをヘリポートへと着陸させた。SPを乗せたヘリコプターも島の反対側のヘリポートに着陸したようだ。

ヘリポートから屋敷までは、海岸沿いを五分ほどカリムと手を繋《つな》いで歩く。上空からは小さく見えた島も、実際歩いてみると結構な大きさだった。

耳に触れるのは柔らかな潮風と、波の音だけだ。隼人は手を繋いでいないほうの手で、潮風になびく前髪を払う。美しい景色が目の前に広がっていた。

「この島は？」

「王子として生きていくと決めたときに、手に入れた」

なんでもないように答えが返ってきた。

「手にって……この島、カリムのものなのか？」

「ああ、一人で過ごすためのプライベートアイランドだ。最低限の使用人しか入れていない。王子という肩書を忘れて、ゆっくりできる場所が欲しかったんだ。覚悟をしたといっても、やはり私にはそういう場所が必要だったからな……」

「時々、王子でなかったら……と考えることは、今でもある？」

「今はないな。そういう意味では自分の立場をしっかりと受け止めている」

カリムの言葉に迷いはなかった。

「そうか……」

「なんて、かっこよく言ってみるが、結局はどうにでもなると開き直った自分がいるからだろうな。悩むのは止めた。時間には限りがある。そして常に前へ進んでいる。その波に乗らなければ、人生楽しめないだろう？」

彼が笑って隼人に顔を向けた。刹那《せつな》、隼人の脳裏に、南仏で楽しそうに笑っていたカリムの顔が浮かんだ。

「よかった。君が君である場所が見つかって、本当によかった……」

そう呟くと、カリムが立ち止まり、隼人の正面に立った。そして片手だけでなく、両手で隼人の両手を摑んだ。お互い両手を繋いで向き合った。

「カリム……」

「お前がいてくれたら、そこが私にとって最高の場所だ。そこが私の居場所だ」

彼の顔が近づいてくると思ったら、しっとりと唇を塞《ふさ》がれた。そして何度か啄《ついば》まれる。

彼と間近で見つめ合い、どちらからともなく小さく笑った。

「行こうか。まずはランチでも食べよう」

そういえば、病院を退院してそのままここまで来てしまったので、ランチを取っていなかった。

隼人はカリムに手を引かれるまま、屋敷へと入る。そこはイスラム建築ではなく、クラシカルな洋館であった。まるでアヴィニョンの旧市街にあったクラシックホテルのようだった。いや、それに似せたのだろう。

カリムにダイニングルームへと案内され、席に着く。

「少し待っていてくれ」

カリムは隼人にそう言うと、奥へと消えていった。最低限の使用人しか入れていないと聞いていたが、この部屋に来るまでも誰にも合わなかった。もしかしたら給仕の使用人もいないのかもしれない。

手伝ったほうがいいだろうか……。

そんなことを考えながら、テラスへと続く大きな掃き出し窓に目を遣る。テラスの向こう側には、絵画のように美しい青空と海、そして白い砂浜が広がっていた。

「凄《すご》いな……。これ、一人占めできるんだ……」

思わず立ち上がって窓を開ける。途端、波の音が隼人の鼓膜を震わせた。白いシフォンのカーテンがふわりと海風に揺れる。いつまでも見ていたい景色だった。

どのくらい経《た》っただろうか。ぼうっと眺めていると、カリムが部屋に戻ってきた。

「え……」

彼の衣装は先ほどまで着ていた民族衣装ではなく、サマーセーターにジーンズという、ラフな恰好《かっこう》――八年前に出会ったときのような服装であった。さらに手にはパスタとサラダを載せたトレイを持っていた。

それは八年前、初めて二人が出会ったときのカフェのギャルソンだったカリムのようである。

「君……」

隼人が口を開いた途端、カリムが笑って言葉を遮った。

「私が厨房《ちゅうぼう》に入ったら、使用人らが驚いて慌てふためいていた」

楽しそうに話しながら、テーブルの上に料理を並べる。

「君が作ったのか？」

「まあな。だが、私ができるのは、これくらいだ。普段は、第二王子という肩書で義務をこなしているだけで、私の力でどうこうしているわけではないからな」

「カリム……」

自分を過信しない。それがカリムという男だ。そしてそれが彼の強みでもあると思った。

「こうやってお前に料理を作ってやれるような、普通の人生を夢見たこともあったな」

「誰でも夢は見るさ。だがそのために家出までするのは、なかなかないと思うけどな」

ちょっと茶化してやると、カリムが苦笑した。

「ここにいる間は、南仏にいたときのように、毎朝、お前に朝食を作ろう」

「カリム……」

隼人の声に、カリムがゆっくりと近づいてくる。そして窓辺に立つ隼人の傍へとやってきたかと思うと、彼の澄んだ黒い瞳が隼人を射貫《いぬ》いてきた。隼人の心臓が大きく爆《は》ぜる。

「……な、なに？」

「――隼人、愛している。お前に出会ってから、ずっとこの気持ちは変わらない」

カリムの指先が隼人の頰《ほお》を優しく撫《な》でる。

「何度かお前にコンタクトをとる機会はあったが、お前の負担になりたくなくて、諦《あきら》めていた。だが前にも言ったが、三度もお前に会う機会が巡ってきたのは、もう運命だとしか思えなくなった。私はお前に恋をする運命だったのだろう」

「僕に恋をする運命……」

「ああ、お前に出会ってから、ずっとお前に恋をしていたことは真実だ。これを運命と言わず、何と言う？」

運命の恋――。

そうだ――。こんなにも心を惑わされた人間は後にも先にもいなかった。相手が男性であるというのに、性別など関係ないほど、心はカリムに奪われたままだ。この八年、彼と離れて暮らしていたことが不思議でならないほどだった。

初めての恋――。

これが『恋』というものなのだ。彼への思いを考えれば、今まで『恋』だと思っていた感情は、穏やかで安易なものだった。恋とはどんなに打ち消しても、何度も湧《わ》き起こってくる深く強い思いだったというのに――。

「そんな恰好までして、卑怯《ひきょう》だ。君は王子でギャルソンじゃないのに、ふと昔の君を思い出して……思い出して――、また好きになってしまう」

「それは光栄だ」

カリムに腕を引き寄せられたかと思うと、その胸に抱き締められる。

「っ……君はいつも嵐《あらし》のように僕の心を掻《か》き乱《みだ》し、そしてぐちゃぐちゃにする。どうして僕はこんな男を——君のことを、八年も経ったのに忘れることができなかったんだ」

彼の唇が隼人の目尻《めじり》に寄せられる。そしてそのままゆっくりと頬を滑り、隼人の唇の端をそっと吸った。

「愛している、隼人。どうか私と一緒にこの国のために働いてくれ」

「なっ、律もこの国に嫁いでしまったんだぞ。僕まで君と一緒にこの国で働くことになったら、父さんや兄さんに何て言えば——」

「お前を必ず幸せにすると、お前の父上や兄上に真摯《しんし》に誓って、認めてもらう」

「っ……」

「もう観念しろ。お前が何と言っても、私はお前の言い訳をすべて打破する。私の必死さを甘く見るな」

「カリムっ……」

彼の唇がとうとうしっかりと隼人の唇に重ねられた。

そのまま寝室へと連れ去られる。大きな天蓋《てんがい》付きのベッドには、色とりどりの花が敷き詰められていた。そこに二人して倒れ込む。否、カリムに押し倒された。

「な……カリム、性急すぎないか？　ランチはどうするんだ。せっかく君が作ってくれたのに」

「後で、また作る」

「でももったいない……あっ……」

「仕方ないな」

カリムは上半身だけ起き上がらせると、ジーンズのポケットからスマホを取り出し、どこかへ連絡をした。

「ああ、私だ。ダイニングルームに置いてきた料理だが、お前たちで食べておけ」

相手はSPだろうか。カリムはそんなことを言うと通話を切り、すぐにスマホをベッドの隅へと放り投げた。

ベッドは特注だろうか。二人で寝ても、まだ余りあるほどの大きなものであった。

「これでいいか？　他にはないか？　お前が気になるものはすべて潰《つぶ》しておく」

「カリム、君、必死すぎっ……」

「フッ、さっき言っただろう？　私の必死さを甘く見るなってな」

呆れた。だが、惚《ほ》れてしまう。どんな彼でも隼人にとっては愛する男、『カリム』でしかなかった。

「わかった、もう降参だ、カリム」

「ほぉ……、私はいつもお前に降参だが？」

　笑いながらそんなことを言うカリムの唇に、隼人は上半身を起き上がらせてキスを贈った。するとカリムの手が隼人の後頭部に回り、がっちりとホールドしてきた。これでは唇が離せない。

「んっ……んん……」

　彼の胸に手を押し当て、唇を引き剝がす。するとカリムが声を出して笑った。本当に悪戯坊主《いたずらぼうず》だ。

「君さぁ……」

「お前からキスしてくれるなんて、嬉しすぎるから、少しはしゃいでしまったな」

　そう言って、また隼人の唇にキスを落とした。お互いに何度も何度も口付けを繰り返し、そして服を脱がせ合う。ゆっくりと花びらの上に組み敷かれた。

「殴られた背中は大丈夫か？　痛くないか？」

「君も見ただろう？　少し赤くなっているだけだ。基本的には、一応、僕は相手のパンチを避《よ》けたからね。しっかり当たったわけではないから、心配はいらないよ」

　額がくっつきそうになるくらい近くにお互いの顔を寄せ、そして見つめる。鼻先を擦《こす》り合わせて吐息だけでカリムが囁《ささや》いた。

「愛している――隼人」

「僕も、愛している」

カリムが隼人の愛の告白ごと受け止めるように、また唇を塞ぐ。隼人は彼の背中に手を回して口付けを深いものにした。

カリムの唇が隼人の顎《あご》を滑り落ち、そのままゆっくりと首筋、鎖骨へと伝っていく。そしてまだ柔らかい桜色の胸の突起に吸い付いた。

「あっ……」

とろりと溶けそうな刺激に、隼人の下半身が甘く震える。カリムはその様子を確認しながら、もう片方の乳首に指を絡ませた。

「っ……あぁっ……」

指の腹で乳頭を押し込むようにして捏《こ》ねられる。それだけで鋭い快感が、隼人の神経をおかしくした。さらにもう片方は音を立てて、きつく吸われる。舌で乳頭を転がされるたびに、芯《しん》が生まれ、隼人の乳首が膨れて硬くなった。同時にじわりじわりと痺《しび》れが全身に広がっていく。だがそれは決定的なものではなく、快感が燻《くすぶ》り続けるだけで、隼人を追い詰めてきた。

「っ……カ……カリ、ム……っ」

隼人はそっと彼の下半身に手を伸ばした。既に昂《たかぶ》ったそれは、火傷《やけど》をしそうなくらい熱くなっていた。

「カリム、これを挿《い》れてくれ……」

「っ、駄目だ。お前を傷つけたくない。もう少し慣らしてからだ」

「我慢できない……っ」

「くそっ、人の理性を誑《たぶら》かすな……」

カリムはそう言うと、枕《まくら》の下に手を伸ばした。そこから小瓶を取り出す。

「潤滑油だ。催淫剤《さいいんざい》が少しだけ入っているから、そんなに辛《つら》くはないと思う」

「それって……八年前も……」

「ああ、あのときよりも、もっと楽に受け入れられるものになっているはずだ。隼人、あれから浮気はしていないだろうな？」

「……当たり前だ」

「なら、これは必要だ」

男を受け入れたのは、八年前のカリムだけだ。ブランクはあるが、それでもカリムが相手なら耐えることができると思った。

隼人は小さく頷くと、カリムに身を任せる。

「ん……」

下肢にぬるりとした感触が走った。カリムの指が隼人の蜜孔《みつあな》に侵入してきたのだ。ゆっくりと抜き差しを繰り返し、固く閉じていた隼人の蕾《つぼみ》を解《ほぐ》す。

「あっ……」

指で擦られた場所が、じんわりと熱を帯びる。以前のよりも速効性のある催淫剤なのだろうか。甘い痺れで全身がうずうずした。

「良さそうだな。もう少し我慢をしてくれ」

彼が隼人の耳朶《じだ》をしゃぶり、囁く。そしてそのまま遠慮なく隼人の中で指を動かした。

「あぁっ……んっ……」

隼人の媚肉《びにく》がざわざわと蠢《うごめ》く。むず痒《がゆ》いような感覚も生まれ、腰が自然と揺れてしまった。じっとしていられない。催淫剤のせいなのか、今まで感じたことのないような狂おしい愉悦が隼人を襲った。

「……っ……あぁぁっ……」

あまりの快楽に、思わず下肢に埋められた彼の指をきつく締め付けてしまう。

「くっ……煽《あお》るな、隼人。私の理性もぎりぎりだぞ？」

耳元で甘く囁かれる。快感で痺れた鼓膜が震えた。同時に、下肢へ埋める指の本数が増やされた気がする。

「そろそろいいか……」

どれくらい経っただろう。ようやくカリムからそんな言葉が出た。心の片隅で安堵《あんど》していると、指を引き抜かれ、突然両足の膝裏《ひざうら》を抱え上げられた。

「あっ……」

カリムと一瞬視線が合う。そこにいるのは、まさに獰猛《どうもう》な猛禽《もうきん》類を彷彿《ほうふつ》とさせる雄だった。鋭い双眸が獲物を狙《ねら》い定めるように細められる。隼人の背中がぞくぞくとした。

「カリムっ……挿れて……」

「何度も煽るな、隼人。私は優しくしたいんだ」

「優しくなくてもいい。君なら、どんな君でも僕は受け入れるから――」

「くそっ……お前は……」

呻《うめ》くように告げられたかと思うと、潤滑油で潤む蕾に猛《たけ》った劣情が押し当てられていた。息を呑《の》んだ瞬間、それは隼人を一気に貫いてきた。

「あぁあっ……ふっ……あぁあっ……」

カリムの熱情に細胞の隅々まで灼《や》かれるようだ。

「く……君、大き……すぎだ……はぁあっ……ふっ……」

「だから、隼人、煽るな。ったく……大きすぎるとか……張り切るぞ」

「ばかぁあぁ……」

ぴっちりと隙間《すきま》なく隘路《あいろ》を彼の肉欲で埋められる。二人で熱を共有できることに悦《よろこ》びしか感じられなかった。

「やっと一つになれた……」

カリムが感慨深く呟く。そしてしっとり汗ばんだ隼人の頰にキスをした。

「アヴィニョンのアパルトマンでお前を初めて抱いたとき、お前をもっと大きなベッドで大切に抱きたいと思っていた」

そういえばあのとき、カリムがそんなことを言っていたのを思い出す。

『お前を抱くなら、どこかホテルでも予約して、もっと大きなベッドが良かったな。許せ』

八年前の彼の言葉が今、ここで結びつく。

「この別荘を建てるとき、私は大きなベッドを置くことを決めていた。もしお前と二度と会えなかったとしても、アヴィニョンでお前と一緒に過ごしていたときの思いを、ここに残しておきたかったからだ」

「カリム……」

「だが、夢は叶《かな》った――」

彼の瞳がしっかりと隼人を捕らえた。

「夢は叶うものなのだな」

優しく笑うカリムを見て、愛《いと》しさが込み上げる。

彼を支えたい。

彼の傍で、いつも一緒に――。決してもう一人にはしない。

「いいか？　動くぞ」

カリムが腰をゆるりと動かした。途端、隼人の中で快感が噴き出す。

「あぁぁっ……くっ……はっ……」

猛襲する喜悦に意識を奪われそうになった。極まって目尻から涙が滲《にじ》む。隘路が押し広げられる感覚に、魂ごと躰《からだ》が沸騰しそうだった。理性が淫猥《いんわい》な熱に蕩《とろ》けていく。

「はぁぁあ……う……」

深く突き入れられ、躰の奥まで灼熱《しゃくねつ》の楔《くさび》を穿《うが》たれた。痛くない。それどころか甘く幸福な気持ちが全身を包み込む。

「あっ、あっ……ああっ……」

カリムの抽挿に合わせて嬌声《きょうせい》が口許《くちもと》から零《こぼ》れ落ちた。激しく揺さぶられ、快楽の沼に沈んでしまいそうな錯覚を抱く。

「もっと……も……と……」

カリムと一緒に、この上なく幸せな甘い蜜に浸りたい。そう思った刹那、その願いに応じるかのようにカリムが何度も腰を獰猛に打ち付けてきた。お互いの躰の熱を、より生々しく感じる。

「あああっ……ふ……」

声を出すと、その声さえも逃したくないという風に唇を塞がれた。そして充分に隼人の唇を堪能《たんのう》すると、顎、そして首筋へと唇を滑らせた。

「んっ……」

彼が触れる先から快楽が次々と生まれる。どこもかしこも感じてしまい、自分の躰がどうにかなってしまったのではないかと思えた。恐ろしいほどの熱に、快感が煮《に》え滾《たぎ》り、同時に鼓動が爆《は》ぜ、呼吸もままならない。凄《すさ》まじい喜悦の渦に巻き込まれた。

「あぁぁぁ……」

さらに深く灼熱の楔を穿たれる。そしてそのまま軽く腰を揺さぶられ、奥にまだ隠れていた快感までも炙《あぶ》り出された。

「はぁあっ……んっ……あぁぁぁ……」

蜜路を抉《えぐ》るように突かれる。彼の抽挿が激しくなるにつれ、淫《みだ》らな音が寝室に響いた。

彼の熱をもっと感じたくて、隼人は自分の中で愛を求める雄を、何度もきつく締め付ける。そのたびに躰の芯から湧き起こる熱が、どろりと快感と混ざり合った。

「あああっ……もう……あっ……」

眩暈《めまい》がするほどの淫猥で甘い疼痛《とうつう》に襲われた。意識が朦朧《もうろう》とする中、自分を組み敷く男、カリムの顔を見上げる。途端に愛しさに胸が締め付けられた。

世界で一番、彼を愛している——。

彼を抱き締めたい衝動に駆られ、カリムの背中に手を回す。手から彼のぬくもりが伝わってきて、心が安らいだ。

「カリム……っ……愛して……るっ……ずっと……ずっと、君が……好き……だった……」

普段では言えない言葉が口を突いて出た。

「隼人……」

カリムが目を瞠《みは》り、そして泣きそうな顔で笑った。

「ありがとう、隼人……。これからもずっと一緒だ」

「カリ……ム……あっ……あぁぁあっ……」

最奥まで愛する男を受け入れる。カリムの抽挿が一層激しくなった。激しい抽挿につられて快感がぶり返し、隼人は唐突に真っ白な空間へ放り出された。同時に、下半身の先端で白い熱が破裂した。

「あぁぁあっ……」

浮遊感に襲われながら、躰の奥で未《いま》だ勢いを増すカリムをきつく締め上げる。

「っ……」

カリムの喉《のど》が小さく鳴った途端、生温かい飛沫《ひまつ》が無数に隼人の中に弾《はじ》け飛んだ。

「あっ……カリ……ム……っ……当たるっ……あぁあっ……」

「隼人……愛している。一緒にこのデルアンをいい国にしていこう」

カリムがそう言いながら、隼人の腰をさらに引き寄せる。

「え……カリム……っ……？」

今、達《い》ったばかりだというのに、どうしてかカリムの屹立《きつりつ》は萎《な》えていなかった。いや、むしろ先ほどよりも大きく膨らんで硬くなっているような気がする。

「隼人、あとでデザートも用意する。だからもう一回いいか？」

「え？」

そんなお願いをされ、思わず顔が真っ赤になる。体力には自信がないが、愛する人に求められるのは、まんざらでもないと思ってしまう自分もいた。

「パパリヌ……覚えているか？」

パパリヌ。懐かしい名前だ。八年前、カリムと初めて話をしたときに貰《もら》ったアヴィニョンの郷土菓子だ。

「ああ、覚えている」

今となっては隼人にとって、特別なお菓子となっていた。

「アヴィニョンから取り寄せた。後で一緒に食べよう。マイスイートハニー」

頬にチュッと音を立ててキスをされた。

「なあ、カリム、また南仏に行こうよ」

途中で終わってしまった南仏旅行を、また始めたい。今度こそ二人で思う存分楽しみたかった。

「ああ、行こう。だが、その前にお前をもっと愛したい。会えなかった時間を、私の愛で埋めさせてくれ」

八年間の思いを一つずつ埋めるように、二人は愛を確かめ合い、再び花びらのシーツの海へと沈んだ――。

◆　エピローグ　◆

「はぁ……」

律《りつ》が言葉を失うといった様子で、テラスから見える美しい景色を前に固まった。

隼人《はやと》がここへ来て二日後、日曜日だったこともあって、カリムのプライベートアイランドに律とアミン、そしてリドワーンが日帰りで遊びに来たのだ。

カリムが招待したとのことだった。実は隼人を自分の宮殿に滞在させているため、仕事以外でなかなか律に会わせられないことに罪悪感を抱いていたようだ。それで今回、いい機会だからと、三人を招待したらしい。

「……リドワーン殿下はいいのに」

律とアミンだけで充分だ。

「え？　何か言った？　兄さん」

隼人の独り言が聞き取れなかったようで、律が聞き返してきた。

「いや、別に何でもないよ」

そう言うと、律が意味ありげに微笑《ほほえ》んだ。

「何だよ、律」

「ううん、兄さん、カリム殿下と上手《うま》くいったみたいで、よかったなって思っただけ」

「なっ……う……う、うん、そうだな」

一瞬しらばっくれようかと思ったが、これからのことを考えて、素直に認めることにした。律にはやっぱり祝福してほしい。

「日本には、兄さんは数日、休むって連絡しておいたよ。修一郎《しゅういちろう》兄さんも心配していたけど、大丈夫だって伝えておいた」

「そ、そうか、ありがとう」

律が奔走していた間、自分はカリムとしっぽりしていたかと思うと――、またそれがきっと律にはばれているのかと思うと、変な汗が出てくる。

「カリム殿下も、火曜日まで公務を休まれるって、リドワーンから聞いたよ」

カリム、火曜日まで休暇をとっているのか……。

忙しい公務を隼人のために休んでくれていることを知り、少しだけ胸がときめく。まったく駄目な兄である。

「兄さんも火曜日まで休んで、ゆっくりして」

できた弟を持ったことを喜ぶべきか、嘆くべきか難しいところだ。だがやはり感謝するべきだろう。

「いろいろありがとうな、律……」

「ううん。僕はいつも兄さんに助けられているし、リドワーンのことでも、兄さんには気苦労を掛けたから」

「律……」

柄にもなく泣きそうになった。律も同じらしく、すぐに明るく話題を変えてきた。

「そうそう、それよりも、この青と白しかない世界、圧巻だね！　さすが王族所有のプライベートアイランド。ここでゆっくりできるなんて、ロマンチックだね」

「ああ、夜は夜で、星空がびっくりするくらい綺麗《きれい》なんだ。あと、海に漁船の明かりが灯《とも》っているのが、まるで蛍みたいに見えて、とても幻想的なんだ。今夜帰る前に、一緒に観《み》よう」

「それは楽しみかも。砂漠の夜とはまた違いそう」

「島の東側には小さなサンゴ礁もあるんだ。後でシュノーケリングをしよう」

「アミン、おさかなが大好きだから、喜ぶよ」

アミンは水族館が大好きだと聞いているから、きっと大喜びをしてくれるに違いない。

「ビーチも綺麗だから、アミンと砂遊びもしたいな」

砂浜で、定番のお城を作って遊ぶのも楽しいだろう。ついアミンの喜ぶ姿を想像して、顔がにやける。すると隣に立っていた律が、呆《あき》れたように呟《つぶや》いた。

「はぁ……、兄さん、すっかり伯父バカかも……」

「隼人おじさまぁ」

噂《うわさ》をすればなんとやらで、早速、アミンが隣の部屋から駆けてきた。民族衣装を着たままであるが、腰には既に浮き輪が嵌《はま》っていて、アミンが海で遊ぶのを楽しみにしているのが、目に見えてわかる。

「おじさま、おせなか、まだ痛い？」

背中を殴られたことを知っているアミンは、零《こぼ》れ落ちそうな大きな瞳《ひとみ》を隼人に向けて、心配そうに首を傾《かし》げる。

か、可愛《かわい》いっ――――！

思わずアミンをギュッと抱き締めてしまった。もう発作だ。発作としか言いようがない。柔らかいほっぺに癒《い》やされた。

「ああ、もうすっかり良くなったよ。それにアミンの顔を見たら、痛みもどこかへ飛んでいってしまったよ」

本当は背中よりも足腰のほうが痛かったが、それはアミンにはとても言えない。

「よかったぁ……」

アミンのぽわぽわした笑みに、心臓を撃ち抜かれる。

いきなり隼人は引っ張られ、アミンから引き離される。アミンはアミンでリドワーンに抱き上げられていた。

「はい、はい、はい」

再びアミンを抱き締めようとした――が、

「可愛いっ！」

どうやらカリムとリドワーンもアミンと一緒に隣の部屋からやってきたようだ。

カリムは隼人を胸に納めると、リドワーンにちらりと視線を遣った。

「リドワーン、これからは、なるべくアミンを連れてこないように。いくら相手が四歳の甥《おい》であろうが、嫉妬《しっと》で大人げないことをしそうになるからな」

「義兄上……どれだけ狭量なんですか」

「そうだ、カリム。僕の癒やしはどうなるんだ」

リドワーンに続き、隼人もカリムに抗議する。

「お前の癒やしは私でいいだろう？　隼人」

そう言って、背後からカリムにさらにぎゅうっと抱き締められる。そんな風に慕ってくれるカリムに、思わず胸がときめいてしまった。

「カ、カリム……」

だが二人の目の前には、律とリドワーン、そしてアミンがいる。ここでいちゃいちゃす

るわけにはいかなかった。

「あ、あのな……」

何か言い訳をしようと口を開くと、律が苦笑した。

「兄さん、本当にラブラブだね」

律————っ！

口から魂が抜け出そうになる。心身共にダメージが強く、呆《ほう》けていると、背後からカリムが声を出した。

「ああ、そうだ、律。隼人がこの国にいられるよう、ブラッサムでどうにかできないか？　難しいようなら、無理やりこちらで理由を作って引き留めるが、できるだけ佐倉《さくら》家とは穏便に付き合っていきたいから、あまり無理強いをしたくないんだが」

え？

隼人を抜きにして、カリムと律で何かが進んでいくような気がしてならない。

「そうですね。兄は元々ブラッサムで、デルアンオリジナルシリーズの文具を出すプロジェクトを立ち上げるか判断するために、こちらへ来たのですから、プロジェクトが実現すれば、デルアンに拠点を移すことになりますね」

「なるほど。それで、そのプロジェクトは実現しそうなのか？」

「ええ、兄は、新しく日本の技法、螺鈿《らでん》や蒔絵《まきえ》を使った文具を考えているようなので、よい作家や工房を見つけることができたら、より現実的になると思います」

律の話を聞いて、カリムがちらりと隼人を見つめてきた。

「どうやら無理強いしなくても、お前をデルアンに引き留められそうだな」

嬉《うれ》しそうに言われ、隼人も心が浮き立つ。すると律がさらに言葉を足した。

「慧《けい》が新婚旅行から帰ってきたら、またプロジェクトを手伝ってくれそうでしたから、デルアンで販売が決まれば、上手く軌道に乗れると思います」

律の言葉を聞いて、隼人もますます工房や作家を探すのに力を入れないといけないなと決意する。

律と慧、そしてブラッサムの社員。皆で力を合わせれば、きっとよい文具ができるだろう。デルアンのオリジナルシリーズに相応《ふさわ》しい高級感溢《あふ》れる文具が目に浮かぶようだ。

「あ、それによく考えたら、デルアンにいれば、律とアミンにいつでも会えるから、すごい幸せかもな……」

つい本音も零《こぼ》れる。すると再びカリムが背後からぎゅうっと強く抱き締めてきた。

「隼人、嘘《うそ》でもいいから私がいるから幸せだと言ってくれ」

「嘘でもいいのか？」

「いや、駄目だ」

「はは……。律たちにいつでも会えるのは幸せだけど、その幸せは、『君がいるから』が大前提なんだよ。僕は君がいるからとても幸せなんだ」

「隼人……」

カリムがキスをしようとしたが、小さな咳払《せきばら》いが聞こえた。律だ。

「カリム殿下、それに兄さん、子供がいる前です。気を付けてください」

慌ててアミンに視線を遣《や》ると、アミンの目はリドワーンの手で塞《ふさ》がれていた。

「なに？　ちちうえ、前が見えないです」

「ああ、悪かったな、アミン」

すぐにリドワーンはアミンの目元から手を離した。二人のやりとりがあまりにも可愛くて、隼人は笑みを浮かべ、アミンに声を掛ける。

「アミン、海に泳ぎにいこうか！」

「ほんと？　おじさま！」

アミンが嬉しそうに飛びついてきた。

「ほら、アミン、おじさまに飛び掛からない」

律が親らしくアミンに注意する。そんな律にも成長の跡が見えた。

幸せだ――。

隼人は改めて幸せを嚙《か》み締《し》めた。

カリムがいて、そして律や愛する人たちが笑顔でいる。それが一番の幸せだった。

「カリム」

「ん？」

「ありがとう。僕に再び声を掛けてくれて、本当にありがとう」

彼にだけ聞こえるくらいの声で話し掛けると、彼が優しげに双眸《そうぼう》を細めた。

「――隼人、私は昔、普通の、ただの男になりたかった。そしてお前は、そんな私を、恋するただの男にしてくれた」

彼が幸せそうにくしゃりと笑う。

「カリム……」

「幸せになろう」

「うん、僕たち幸せになるよ」

そう言うと、カリムが返事の代わりに、隼人の指にその指をそっと絡ませてきた。


半年後、隼人は正式にデルアンに赴任することになる――。

あとがき

こんにちは。または初めまして、ゆりの菜櫻《なお》です。アラビアンシリーズも六冊目になりました。これも皆様のお陰です。本当にありがとうございます。

どのお話も単独で読めるようになっておりますので、これ一作でも楽しめます。でも、他に気になる王子がいましたら、ぜひ読んでくださいね（宣伝・笑）。

今回は第二王子カリムのお話になります。カリムは敷かれたレールの上を歩くことに疑問を抱き、自分を必要としている場所で人生を歩みたいと願って家出をしていた王子です。そこに律《りつ》の兄、隼人《はやと》との運命的な出会いがあります。

実は隼人、前作の時は、主人公になる予定はまったくなかったので、前振りも何もしていませんでした。だけどカリムのキャラとしての輪郭がしっかりし始めるにつれて、相手は隼人しか考えられなくなってしまったんですね。

似ているけど似ていない環境で育った二人だからこそわかる、みたいなものが出せたらなぁと思って書いていました。